KB120763

# 괜히 열심히 살았다

이재무 산문집 괜히 열심히 살았다

**1판 1쇄 펴낸날** 2022년 9월 13일
**1판 3쇄 펴낸날** 2022년 10월 7일
**지은이** 이재무
**펴낸이** 이재무
**기획위원** 김춘식, 유성호, 이형권, 임지연, 홍용희
**책임편집** 박찬세, 민성돈
**편집** 이라희, 황연하
**디자인** 김지웅, 조영아
**펴낸곳** (주)천년의시작
**등록번호** 제301-2012-033호
**등록일자** 2006년 1월 10일
**주소** (03132) 서울시 종로구 삼일대로32길 36 운현신화타워 502호
**전화** 02-723-8668
**팩스** 02-723-8630
**블로그** blog.naver.com/poemsijak
**이메일** poemsijak@hanmail.net



**ISBN** 978-89-6021-650-1 03810

**값** 15,000원

이재무 산문집

# 괜히 열심히 살았다

천년의 시작

서문을 대신하여

# 무소의 뿔처럼

삶에 의미가 없을수록 자유로울 수 있다

헛된 희망을 갖지 말라

희망은 구속이고 감옥이다

구원에의 기대도 갖지 말라

벼랑에 부서지는 파도에

동요하지 않는 바다처럼

살든 죽든

슬프거나 기쁘거나 아프거나

세계는 관심도 애정도 없고

악의도 없다

선과 악에 결정을 내리지 않으며

비합리적이고 비이성적이며 혼돈스럽고 냉혹하다

개체에 무정한 실재

완벽한 혼자이고 우주적 고아일 뿐인

우리는 현재에 충실하며

(그렇다고 내재적 필연성만으로 행동하지는 않는다)

무소의 뿔처럼 혼자서 걸어야 하는 것이다

마포 강변에서 이재무

## 차례

## 제2부

## 제3부

## 제4부

# 제1부

## 테베를 떠나시오

차이를 긍정한다는 것은 다른 사람, 다른 문화의 차이를 인정하거나 그것을 보존하는 게 아니라, 일차적으로 나 자신에 대해 '차이를 만드는 것'(make difference)이고, 나 자신이 다른 것으로 변이하는 것이며, 이런 이유에서 나와 다른 것이 만나서 나 자신이 다른 무언가가 되는 겁니다. 나와 다른 것을 통해서 내 자신이 다른 무언가가 되려는 사람이라면, 나와 다른 것을 반갑게 긍정할 수 있을 겁니다. 나와 다른 것은 내가 변이하여 또 다른 것이 될 수 있는 기회를 뜻하니 말입니다. 이것이 차이에 대한 진정한 긍정일 겁니다. 반대로 나와 동일한 것 또는 유사한 것에서는 별다른 흥미를 느끼지 못할지도 모릅니다.

이런 점에서 들뢰즈가 말하는 차이는, 있는 그대로 인정해야 할 무엇이 아니라 새로이 만들어 내야 할 무엇이며, 있는 그대로 보존해야 할 무엇이 아니라 현재와 다른 모습으로 변이함으로써 생성되는 무엇입니다.

—이진경, 『철학과 굴뚝청소부』에서

20세기 최고의 작가군에 속한 밀란 쿤데라의 대표작

『참을 수 없는 존재의 가벼움』은 1968년 체코 프라하에서 반짝 민주화의 봄이 열림과 동시에 소련군 탱크가 진주한 이후 숨 막힐 듯한 공포 속에서 역사적 상처가 주는 무게 때문에 단 한 번도 '존재의 가벼움'을 느껴 보지 못한 현대인의 초상을, 네 남녀의 사랑을 통해 보여 주고 있는 역작이다.

이 인상적인 소설에서 내가 가장 주목한 대목은 남자 주인공인 의사 토마시가 자신의 정치적 입장을 피력했다는 이유 때문에 거듭되는 불운을 겪게 되는 내용이었다. 즉, 토마시는 한 유력 잡지에, 체코 공산주의자들의 위선적인 행위를 기고한 혐의로 유능한 외과의사에서 시골 병원 의사로 또다시 유리 닦는 노동자로 나중에는 운전수로 전락을 거듭하다가 급기야 불의의 사고를 만나 죽게 된다. 그는 인간 사이에 존재하는 차이성을 일체 인정하지 않는, 소련군 점령하의 프라하 공산주의 체제를 못 견뎌 했다. 토마시는 반성하지 않는 공산주의자들에게 오이디푸스 신화를 차용하여 다음과 같이 신랄하게 비판하였다.

공산주의 체제는 범죄자들의 창조물이 아니라, 천국으로 가는 유일한 길을 발견했다고 확신하는 광신자들이 만든 것이었다. 훗날 이 천국은 존재하지 않으며 따라서 광신자들은 살인자였다는 것이 백일하에 밝혀졌다. 그러자 누구나 공산주의자를 비난했다. 비난을 받는 사람들은 대답했다. 우린 몰랐어. 우리도 속은 거야. 우리도 그렇게 믿었어. 따지고 보면 우리도 결백한 거야! 토마시는 오이디푸스의 이야기를 떠올렸다. 오이디푸스는 어머니와 동침한 줄 몰랐지만 사태의 진상을 알자 자신이 결백하다고 느끼지 않았다. 자신의 무지가 저지른 불행의 참상을 견딜 수 없어 그는 자기 눈을 뽑고, 장님이 되어 테베를 떠났던 것이다. 토마시는 영혼의 순수함을 변호하는 공산주의자들이 악쓰는 소리를 들으며 이렇게 생각했다. 당신의 무지 탓에 이 나라는 향후 몇 세기 동안 자유를 상실했는데 자신이 결백하다고 소리칠 수 있나요? 자, 당신 주위를 돌아보셨나요? 참담함을 느끼지 않나요? 당신에겐 그것을 돌아볼 눈이 없는지 모르죠. 아직도 눈이 남아 있다면 그것을 뽑아 버리고 테베를 떠나시오. 토마시는 오이디푸스에 대한 자신의 이러한 생각을 글로 써서 잡지에 투고했다.

토마시는 체코 공산주의자들에게 자신들의 죄를 통감할 것을, 오이디푸스 왕처럼 제 눈을 찌를 것을 촉구하는 내용을 기고했다가 그것이 문제가 되자 철회를 받아들여 타인들의 웃음거리가 되는 대신 추락의 길을 선택했던 것이다.

이 장면에서 어딘가 생소하지 않은 데자뷔가 드는 것

은 왜일까? 해방 이후 우리는, 타자에 대한 차이를 인정하지 않는 풍토 속에서 배제와 차별의 문화를 형성해 왔다. 프라하의 현실과는 정반대로 유일무이한 반공 체제 속에서 하나의 획일적인 사상과 제도와 문화만으로 현실을 재단해 왔던 것이다. 이와 같은 강제된 국가 이념하에서 우리는 '나 자신에 대해 차이를 만드는 것, 나 자신이 다른 것으로 변이되는 것'이 근본적으로 차단된 고체의 세월을 살아왔다.

또한 해방 이후 70년간 우리는 소련 지배하의 프라하 공산주의자들의 얼굴을 한, 자기변명과 합리화에 능숙한 정치인과 경제인들을 수없이 보아 왔다. 백일하에 드러난 범죄의 증거 앞에서도 혐의를 부정하며 결백을 주장하다가 빼도 박도 못할 지경에 이르러서야 기억에 없다, 모르고 한 일이다, 등의 비겁한 언사로 책임을 모면하려고만 드는, 사회 지도층 인사들을 드물지 않게 보아 왔던 것이다. 자신의 무지가 저지른 일임에도 그것이 죄로 드러났을 때 책임을 지고 스스로 형벌의 길을 떠났던 오이디푸스와는 반대로 음흉한 계획과 의도를 가지고 저지른 죄과마저도 특수 신분의 지위를 악용해 면책하려 드는 그들과 프라하 공산주의자들은 본질 면에서 무엇이 다른가?

나는 이 시대 위선적인 위인들에게 토마시의 어조를

빌려 다음과 같이 말하고 싶다. 당신들의 가공할 범죄로 이 나라는 향후 몇 세기 동안 희망을 상실했는데 당신들이 결백하다고 소리칠 수 있나요? 자, 당신들 주위를 돌아보셨나요? 참담함을 느끼지 않나요? 당신들에겐 그것을 돌아볼 눈이 있나요? 아직도 눈이 남아 있다면 그것을 뽑아 버리고 테베를 떠나시오.

오랜 관행처럼 잊을 만하면 불거지는 불법 정치자금 사건과 검사장들의 부패 스캔들과 기업인들의 온갖 부정 의혹들을 지켜보면서 소설의 주인공 '토마시'가 떠오른 것은 우연만은 아닐 것이다.

# 나의 버킷리스트

해 넘긴 달력을 떼자 파스 붙인 흔적 같다.
네모반듯하니, 방금 대패질한
송판 냄새처럼 깨끗하다.
새까만 날짜들이 딱정벌레처럼 기어 나가,
땅거미처럼 먹물처럼 번진 것인지
사방 벽이 거짓말같이 더럽다.
그러니 아쉽다. 하루가, 한 주일이, 한 달이
헐어 놓기만 하면 금세
쌀 떨어진 것 같았다. 그렇게, 또 한 해가 갔다.
공백만 뚜렷하다.
이 하얗게 바닥난 데가 결국,
무슨 문이거나 뚜껑일까.
여길 열고 나가? 쾅, 닫고 드러눕는 거?

올해도 역시 한국투자증권,
새 달력을 걸어 쓰윽 덮어 버리는 것이다.

—문인수, 「공백이 뚜렷하다」 전문

새해는 "매양 추위 속에/ 해는 가고 또 오는 거지만" 우리는 해마다 맞는 해에 대해 과도한 의미와 가치를 부여하는 습성이 있다. 그러나 엄밀하게 말하자면 새해라고 해서 시간이 새롭게 태어나 다가오는 것은 아니다. 섣달그믐 날과 새해 첫날 간 다른 층위의 시간이 존재하는 것은 아님에도 불구하고 우리는 왜 매해 첫날에의 기대감을 저버리지 못하는 것일까? 그것은 순환 반복의 지리멸렬한 일상에 대한 환멸, 그런 일상으로부터의 탈주 욕망에서 비롯한 것은 아닐까?

"내가 새로워지지 않으면/ 새해를 새해로 맞을 수 없다// 내가 새로워져서 인사를 하면/ 이웃도 새로워진 얼굴을 하고// 새로운 내가 되어 거리를 가면/ 거리도 새로운 모습을 한다"(구상, 「새해」 부분). 그렇다. 시간은 달라지지 않는다. 시간을 맞는 내가 달라질 뿐이다. 새해 새날을 살기 위해 우리는 새롭게 태어날 필요가 있다. 나는 올해 새롭게 태어나기 위해 새삼스럽게 새로운 생활의 습관을 가지려 한다. 습관은 운명을 만든다.

본래 소리가 없는 물이 흐를 때 소리를 내는 것은 울퉁불퉁한 바닥을 만난 탓이니 나를 다녀가는 물 같은 이들이 소리를 내지 않도록 새로이 마음의 바닥을 고르게 하자는 것과, 고통이 축복이고 무통이 죽음이라는 역설을 생활로 깨치는 것과, 누군가 나를 울지 않도록 하는 일과, 모든 이로부터 상찬받으려 하지 않는 것과, 아침에 태어나 저녁에 죽는 그늘처럼 죽어야 태어나는 부활의 나날을 사는 것과, 가던 길 문득 멈춰 고요와 적막이 우거진 우리들 미래의 거처인 허공을 응시하는 것과, 길가 쭈그려 앉아 돌 틈에 핀 괭이눈, 애기똥풀에게 눈을 맞추는 것 등등을 생활 속에서 실천하고자 한다.

일 년처럼 크고 질긴 음식이 있을까? 365일 동안 매 순간 쉬지 않고 맛보고 뜯고 씹어 삼켜야 하는 음식. 일 년이라는 음식을 혼신을 다해 먹고 나면 또 한 해라는 시간의 음식이 우리 앞에 놓이게 된다. 누구에게나 동일하게 주어지는 이 음식(시간)을 누구는 맛있게 먹고 누구는 허겁지겁 먹고 또 누구는 마지못해 먹으리라. 매해 첫날에 들여놓은 시간의 가마니에는 365개 낱낱의 시간의 낱알이 들어 있다. 우리는 오랜 관성으로 묵은 시간의 가마니를 탁탁 털어 개어 놓고, 들여놓은 시간의 새 가마니를 헐어 자동화된 의식으로 한 톨(하루), 두 톨(이틀) 낱알들을 꺼내 먹다가 부지불식간 연말이 다가와 가마니가 바닥을 드러냈다는 것을 알게 될 것이다. 그러다 신께서 하사하신 적량의 가마니들을 시나브로 다 털어먹고 나면 어느 날 문득 시간의 궤도를 벗어난 자가 되리라. 든 자리는 몰라도 난 자리는 안다더니 요새 들어 자꾸만 줄어들고 작아지고 새는 것들에 더 자주 눈이 간다. 나이가 들어 간다는 뜻이리라.

새해라 해서 특별히 소회가 다를 리 있겠는가? 관념의 유희일 뿐이다. 다만 목표 달성의 등정登頂이 아니라 오르는 과정을 중시하는 등로登路의 삶을 살아가리라. 결코 미래를 위해 현재를 유보하거나 현재를 죽이는 삶을 살지 않으리. 오직 현재에 만족하고 현재에 충실한, 현재라는 종교의 신실한 신자가 되어 살리라, 다짐해 본다. 하루하루의 현재가 결국 미래로 이어지는 것이니 현재를 어찌 소홀히 할 수 있으랴.

오늘 아침
따뜻한 한 잔 술과
한 그릇 국을 앞에 하였거든

그것만으로 푸지고
고마운 것이라 생각하라.

세상은

험난하고 각박하다지만

그러나 세상은 살 만한 곳.

한 살 나이를 더한 만큼

좀 더 착하고 슬기로운 것을 생각하라.

—김종길, 「설날 아침에」 부분

## 집이 운다

가난한 사람들의 아파트엔 싸움이 많다

건너뛰면 가 닿을 것 같은 집집마다

형광등 눈 밑이 검고 핼쑥하다

누군가 죽여 달라고 외치고 또 누구는 실제로 칼로 목을 긋기도 한다

…(중략)…

대개는 이유도 없는 적개심으로 술을 마시고

까닭도 없이 제 마누라와 애들을 팬다

아침에 보면 십팔 평 칸칸의 집들이 밤새 욕설처럼 뱉어 낸

악몽을 열고 아이들이 학교에 간다

…(중략)…

먼지가 풀풀 날리는 교과서를 족보책처럼 싸 짊어지고 아이들이 돌아오면

아파트는 서서히 눈에 불을 켠다

…(중략)…

밤이면 아파트가 울고, 울음소리는

근처 으슥한 공원으로 기어 나가 흉흉한 소문들을 갈

기처럼 세우고 돌아온다

새벽까지 으르렁거린다

십팔, 십팔 평 임대아파트에 평생을 건 사람들을 품고

아파트가 앓는다, 아파트가 운다

아프다고 콘크리트 벽을 꽝꽝 주먹으로 머리로 받으면서 사람들이 운다

—최금진, 「아파트가 운다」 부분

집은 인간의 몸으로 비유될 때가 있다. 집과 인간의 몸은 내용 면에서 유사성이 많기 때문이다. 인간의 몸이 인간의 정신이 거처하는 장소로서의 의미가 있다면 집은 인간의 육신이 머무는 공간이기 때문이다. 정신이 타락하여 몸을 함부로 다루면 몸이 앓듯이 인간이 집을 함부로 다루고 방치하면 집 또한 보존이 어렵고 급기야 망가지기 일쑤다.

근대 이전 농경제 사회에서 인간의 거처로서의 집은 자연과 인간이 더불어 사는 장소였으며 아우라가 살아 숨 쉬는 곳이었다. 마당가에 놓인 돌확 속에 빗물이 고이면 한낮에 구름이 와서 화장을 고쳤다 가고 한밤에는 별과 달이 내려와 상형문자 놀이를 하기도 하였으며 대숲에서 경쾌한 소리로 자판을 두들겨 대며 분주하게 댓

글을 달던 참새 떼들이 몰려와 목을 축이고 가기도 하였다. 마른 국화 무늬가 밴 문창호지에 달빛이 스며 와 얼룩덜룩한 벽면과 천장에 수묵화를 치기도 하였고 수시로 문틈으로 들어온 새소리와 바람이 사람의 몸속 현을 울려 대기도 하였다. 밭을 매고 돌아온 호미는 한밤중 허청에 걸린 채 허공을 매고 풀을 깎고 돌아온 낫은 대추나무 가지에 걸린 채 달빛을 베기도 하였다. 이렇듯 자연 사물들은 수시로 인간의 집을 넘나들었다.

그러나 근대 이후 집은 자연을 몰아내었고 더불어 아우라가 사라지게 되었다. 이제 집은 환금성 외의 다른 뜻을 지니지 않게 된 것이다. 집은 신분과 계급의 지표이고 차별을 뜻하는 표지가 되어 버렸다.

집이 앓는 소리를 내도 사람들은 듣지 못한다. 집이 아프다고 울어도 사람들은 주목하지 않는다. 집에 들어 있는 방들은 열린 소통의 장소가 아니라 유폐와 단절과 고립의 섬으로 전락하여 자기 소외를 가져오는 공간이 되어 버린 지 오래되었다. 소임과 역할을 잃어버린 방들은 급기야 거리로 뛰쳐나가 극심한 우울과 소외로 방황하는 영혼들을 호객하는 장소(노래방, 소주방, 멀티방 등등)가 되어 버렸다. 우리 시대 집이 심각한 증세를 앓아 대고 있지만 누구 하나 주목하거나 꿈적하지 않는다.

자본에 의해 삶의 공간이 여러 층위로 분할되어 계층의 지형학을 형성하고 있는 대한민국에서 아파트는 최상위 주거 공간이다. 또한, "압축된 근대성을 표상하는, 사회적 구조물"(발레리 줄레조)인 아파트는 재화의 수단이 된 지 오래되었다. 즉 아파트는 개인들의 무한 욕망의 적극적인 표현물이 되어 버린 것이다.

위 시편에서 아파트의 평수가 십팔 평인 것은 의미심장하다. 그것은 궁핍의 지수이자 감정적 배설을 뜻하고 있기 때문이다. 시편에 의하면 가난은 사람의 몸속에 인화 물질을 적재한다. 이것이 쌓이면 언제든 폭발할 수 있는 것이다. 그러나 이 폭발은 하나의 힘으로 모아지지 않고 파편화되어 산개될 뿐 아니라 자기 파괴적인 속성마저 지니고 있다. 이 시에서 아파트가 우는 행위는 결국 그 아파트로 대변되는 극빈 계층의 울분을 말한다. 여기저기서 아파트들이 때로는 울고 때로는 욕설을 내뱉고 있다. 언젠가 울음과 설움이 거대한 산이 되고 파도가 되어 한입 아우성으로 세상을 덮어 올는지 모른다.

## 사소한 일에 목숨 거는 사람들

왜 나는 조그만 일에만 분개하는가
저 왕궁 대신에 왕궁의 음탕 대신에
오십 원짜리 갈비가 기름 덩어리만 나왔다고 분개하고
옹졸하게 분개하고 …(중략)…

한번 정정당당하게
붙잡혀 간 소설가를 위해서
언론의 자유를 요구하고 월남 파병에 반대하는
자유를 이행하지 못하고
이십 원을 받으러 세 번씩 네 번씩
찾아오는 야경꾼들만 증오하고 있는가
…(중략)…

모래야 나는 얼마큼 적으냐
바람아 먼지야 풀아 나는 얼마큼 적으냐
—김수영, 「어느 날 고궁을 나오면서」 부분

좋은 글은 저마다의 방식으로 빛나는 이유가 있다.

김수영의 시와 산문은 독자에게 불편함을 안김으로써 성찰과 반성의 계기를 부여한다는 점에서 문제적이다. 물론 문제적인 작품이 다 좋은 글이라는 공식은 없다. 하지만 문제적인 글은 독서 행위가 끝난 뒤의 지적 포만감 즉, 적어도 시간을 낭비하지 않았다는 자족감을 준다는 점에서 성공한 편에 속한다고 볼 수 있다. 김수영의 시와 산문을 읽다 보면 몸 안쪽에 내밀하게 숨겨 온 거짓과 위선이 백일하에 바깥으로 드러나는 당혹감을 스스로 맛보게 된다.

정신분석학에 의하면 사람에게는 나이와 상관없이 내면 깊숙이 성장을 멈춘 어린아이가 들어 있다가 돌발적인 상황 속에서 불쑥 튀어나올 때가 있다고 한다. 우리가 살면서 작고 사소한 일에 집착하고 분노하는 것은 이 어린아이를 스스로 다스리지 못한 것에서 비롯되는 것은 아닌가 생각해 본다. 나이가 들었다 해서 저절로 어른이 되는 것은 아니다. 나이가 든 이라 할지라도 시도 때도 없이 내면의 아이가 튀어나온다면 그는 어른으로 살아간다고 볼 수 없을 것이다. 김수영은 시를 통해 자신이 어른으로 살지 못하고 있음을 스스로 통렬하게 비판하고 있다.

그런데 이것이 비단 시인 김수영의 문제만일까. 대부분의 사람들도 김수영처럼 그렇게 살아가고 있는 것은 아닐까. 이 시가 보편적 공감과 울림을 주는 것은 우리 안에 들어 있는 문제적 '김수영'을 스스로 인지한 때문이 아닐까.

'자유'와 '사랑'과 '현대성'의 시인 김수영은 시작詩作은 머리로 하는 것이 아니고 심장으로 하는 것도 아니고 몸으로 하는 것, 온몸으로 밀고 나가는 것이라고 말했다. 이것은 관념으로서의 문학이 아닌 행위로서의 문학을 말하는 것이다.

좋은 시는 시간의 풍화작용을 이겨 내는 힘이 있다. 이 시가 바로 그렇다. 여전히 강한 울림을 주고 있는 이 시편은 '불편한 진실'의 시대를 살아가고 있는 우리에게 뼈아픈 자성의 계기를 마련해 준다. 김수영의 시편들은 우리를 즐거운 고통에 빠지게 한다. 소시민적 자의식에 괴로워하는 시적 주체들은 시인 자신의 진실한 모습이면서 동시에 그것에 공감하는 독자들의 실제 모습이기도 하기 때문이다. 김수영 시편들을 읽는 일은, 어둠 속에 잠겨 있던 자가 갑자기 환한 햇빛 속으로 불려 나왔을 때처럼 꽁꽁 쟁여 비밀하게 숨겨 온 안쪽의 비루한 욕망이며 비굴한 속성들이 불쑥, 몸 바깥으로 출현할 때의 당혹을 맛보는 일과도 같다(나는 홍상수 감독의 초기 영화들을 보면서도 이와 비슷한 감정을 느꼈다). 큰 싸움 앞에서는 두려워 망설이면서 아주 사소한 싸움에 목숨을 거는 시적 주체의 비겁한 모습은 반복 순환으로서의 기계적 일상을 자동화된 의식으로 살아가는 우리들의 초상이 아닌가.

김수영은 자신 안에 기식하는 비겁과 안일과 굴욕과 부도덕을 가감 없이 직방으로 드러내는 시인이다. 이 정직성이 그의 성찰과 반성에 강한 믿음을 심어 준다. 무반성보다 더 나쁜 것이 반성의 관성화이다. 부정과 비리에 연루된 지도층 인사들의 입에 발린 반성을 보라. 구린내가 진동하지 않는가. 시인이 쏘아 대는 말의 화살촉이 거듭 마음의 과녁에 와서 꽂힌다.

## 천문

이번 주말에는 시외로 나가 들판에 서서 큰 소리로 출석을 부르려 한다

매화 개나리 쑥 나싱개 원추리 산수유…… 네 네 네 네
저기 진달래는 좀 늦을 거예요 걔는 항상 수업 도중에 헐레벌떡 불그죽죽한 얼굴로 달려오잖니 자자, 그럼 열 맞춰 봐요 너무 떠들지 말고 쑥아, 넌 나싱개 그만 좀 괴롭히렴 종달새들아 너희들 저리 가서 공놀이하면 안 되겠니?

봄날이 왁자지껄 시끌시끌 반짝이겠지

—졸시, 「출석부」 전문

겨울 동안의 파업을 끝낸 나무와 풀들이 벌써 녹색 공장을 가동하기 시작했다. 땅의 지붕을 열고 연초록들이 앳된 얼굴을 내밀어 오고, 햇살의 부리가 이 나무 저 나무의 수피를 쪼아 댈 때마다 부화하는 병아리같이 꽃들이 가지 밖으로 환하게 부리를 내밀어 허공을 쪼아 대

고 있다. 봄밤은 새로이 태어난 생명들의 지저귀는 소리로 붐비고, 냇가에 놓인 돌을 들어 올리거나 내릴 때 흐르는 물이 잠시 물러났다 잽싸게 몰려들 듯이 이 가지 저 가지에서 이파리와 꽃이 피어날 때 공중의 산재한 공기들은 빠르게 흩어졌다 몰려든다. 봄철의 공중에는 보이지 않는 주름이 자주 생겼다 펴지곤 하는 것이다.

양춘가절을 만나 만화방창하는 꽃과 초록들은 봄의 합주가 아닐까? 쟁쟁쟁 꽃과 초록들의 연주로 온도가 상승하는 소리 없이 시끄러운 봄밤. 누구는 술을 마시고 누구는 사랑을 하고 누구는 싸움을 건다. 꽃과 초록의 치맛말기를 빠져나온 향기와 음표가 가려워 못 견디겠다는 듯 지문을 남기며 공중을 마구 문질러 대고 있다. 이스트 넣은 빵처럼 봄이 이렇게 마구 부풀어 오르니 비록 코로나 19에 묶인 몸이라 한들 상춘객들 가슴이 어찌 설레지 않을 수 있겠는가. 들뜨는 마음을 달래려 몰래 현관을 나서는 이들이 한둘이 아닐 것이다.

화창한 봄날 풋풋하고 싱싱한, 공장에서 막 출하한 스프링처럼 통통 튀는 탄력의 햇살로 눈이 부신 날은 까닭 없이 탈주에의 욕망으로 몸이 뜨거워진다. 확실히 봄은 위험한, 스프링의 계절이다. 모든 살아 있는 것들은 몸속에 스프링을 지니고 있다. 춘분을 맞아 만발한 꽃들도 줄기와 가지 속의 샘물이 피운 것이다. 갓 태어난 스프링이 뿜어내는 탄력은 얼마나 눈부신가. 내게도 누르는 힘이 크면 클수록 되받아 솟구쳐 오르는 쾌감으로 무거운 세상을 경쾌하게 들어 올렸던 시절이 있었다. 그러나 영원한 반동을 사는 스프링은 없다. 언젠가는 탄력의 숨을 놓아야 한다. 생의 반환점을 돌아온 지 오래인 나는 이제 반동과 탄력을 잃어 가는 스프링에 대해 스스로 연민을 느끼게 된다.

이에 반비례하여 탈주에의 욕망이 커지는 것은 고사 직전의 소나무가 열매를 많이 맺는 것처럼 본능적인 차원에서 생각하면 이해 못 할 바는 아니나 당혹스러운 것도 사실이다. 환장하게 빛나는 햇살은 나를 꼬드긴다. 어깨에 둘러멘 가방을 그만 내려놓고 오는 차 아무거나 잡아타라고 한다. 도화지처럼 푸르고 하얗고 높은 하늘이 나를 충동질한다. 멀쩡한 아내를 버리고 젊은 새 여자 얻어 살림을 차려 보라고 한다. 지갑 속 명함을 버리라 한다. 하지만 아무리 봄이 나를 충동질하고 부채질해도 이러한 내적 자아의 일탈 욕망이 찍어 누르는 일상적 자아의 힘을 이겨 내기는 어렵다. 곧 진압되어 찻잔 속 태풍으로 끝나고 만다.

나는 평생 탈주를 꿈꾸었으나 실행에 옮기지 못했다. 올봄에는 신이 햇살과 바람의 키보드를 두들겨 지어 낸 시문詩文이나 실컷 탐독하여야겠다. 천문天文! 산과 들의 지면을 가득 채운, 갓 태어난 순록의 문장들을 읽을 때마다 내 영혼은 푸르게 물들어 가리. 다가오는 주말에는 시외와 시골 오일장에나 한번 들러야겠다. 골치 아픈 시국을 잠시 내려놓고 대신 노점 좌판 수북하게 쏟아져 나온 연초록 장정의 신간들이나 실컷 읽어 보고 싶다. 신께서 토지土紙에 공들여 쓴 한 끼니 양식들을 사들고 와야겠다. 이 책들은 입에 넣고 씹어 읽어야 더욱 깊은 맛이 우러나리라.

## 망각에 대하여

어릴 적 엄니는 귀한 손님이 집을 찾아오거나 새 학년이 되어 바뀐 담임 선생님께서 방문하시면 기르던 닭을 잡아 백숙 요리를 대접하곤 했다. 일 년이면 손님들이 달포에 한 분 정도는 찾아오셨고 자식 셋이 학교에 다니고 있었으므로 한 해 닭장을 나와 백숙이 돼야 할 닭들이 얼추 여남은 마리는 됐다.

엄니는 닭 잡는 일을 꼭 장남인 내게 시키셨다. 나는 그 일이 끔찍하게 싫었지만 감히 엄니의 명을 어길 수는 없었으므로 울며 겨자 먹는 심정으로 그 일을 치러 내야 했다. 닭 잡는 일이 생각처럼 쉽지 않다는 것은 경험을 해 본 사람은 안다. 한참을 쫓고 쫓아야 겨우, 모진 실랑이 끝에 잡을 수 있었다. 그러느라 애초에 목표한 닭을 포기해야 할 때도 부지기수였다. 그리하여 대개는 그날의 운에 의해 닭의 수명이 결정됐다.

그날의 나는 닭의 생사여탈권을 쥐고 있는 어린 폭군이거나 절대자였다. 내가 문을 여는 순간 닭장은 일순

공포와 불안의 분위기에 휩싸였다. 본능으로 위험을 감지한 닭들은 모이를 쪼던 부리를 치켜들고 부리나케 발을 움직여 구석으로 몸을 피했다. 숨 막힐 듯 고요가 닭장 안에 가득 고였다.

닭들은 내가 들어서면 아연 긴장하는 기색이 역력했지만 욕쟁이 할머니가 들어설 때는 천하태평이었다. "어릴 적 우리 집 가축들은/ 할머니 욕설을 퍽이나 좋아하였다/ …(중략)…/ 구시렁구시렁 할머니는/ 돼지에게, 소에게, 토끼에게, 닭들에게/ 먹이를 주면서 한 번도 욕을 거르지 않으셨다"(졸시, 「할머니의 욕설」 부분). 닭들은 조용히 들어서는 나를 무서워했지만 시끄럽게 욕설을 퍼부어 대며 들어서는 할머니는 뭐가 그리 좋은지 장날 엄마 치맛단을 놓지 않으려는 아이처럼 꽁무니를 졸졸 따라다녔다.

닭들이 나를 피해 달아난다. 나는 겨냥한 닭을 향해 저승사자처럼 달려든다. 겨냥한 닭은 좀체 잡히지 않는다. 나는 점차 지쳐 간다. 처음 겨눈 닭을 포기하고 아무 닭이나 잡기로 한다. 오랜 분탕질 끝에 운수 사나운 닭이 잡힌다. 흙먼지가 가라앉고 닭장 안에 다시 평화가 찾아온다. 살아남은 닭들이 모이를 쫀다. 내가 가까이 가도 달아나지 않는다. 천연덕스럽다. 돌대가리들. 방금 전의 소란을 벌써 잊었다. 아니다. 본능적으로 죽음을 피했다는 것을 안 것이다.

또 하나의 추억이 있다. 어릴 적 고향(부여)에서는 윗말에 있는 저수지의 수문을 열고 나온 물과 이 골짝 저 골짝에서 흘러 내려온 물이 만나고 모여 이룬 냇물이 마을 한가운데를 관통해 시오 리쯤 완보하다가 금강 하류에 합수되곤 했다. 냇물에는 지금은 아무리 눈을 씻고 찾아도 없는 붕어, 갈겨니, 피라미, 버들개, 금강모치, 돌고기, 쉬리, 납지리, 큰줄납자루, 모래무지, 새미, 미꾸라지, 종개, 송사리, 메기 등속의 어족이 아옹다옹 살아가고 있었는데 먹을 것이 귀한 시절 족대나 어항, 혹은 손으로 수초를 뒤져 잡은 것들로 식구들은 궁한 입을 달래고는 했다.

천렵을 하는 동안 아수라장으로 변해 버린 냇물에는 검붉은 흙물이 일고는 했다. 그러나 한바탕 소란이 지나가고 난 뒤 이내 투명한 거울로 돌아간 냇가에는 살아남은 물고기들이 겅중겅중 물속을 걸어 다니는 구름의 연한 속살을 파고들거나 척척 늘어지게 드리운 물푸레나무 가지들 사이를 넘나들며 그늘의 평화를 유영했다.

기억의 홍수에 떠내려가지 않고 여태껏 남아 있는 이 두 가지 사건은 내게 암시하는 바가 적지 않다. 사람이 사는 세상에도 이런 닭 같은, 물고기 같은 존재들이 없다고 나는 감히 주장하지 못한다. 망각에 익숙한 존재들. 생각하면 두려운 일이다. 올해로 세월호 7주기를 맞았다. 우리는 지난 역사가 남긴 상처를 쉽게 잊는 경향이 있다. 망각에 저항할 줄 모르는 민족에게 미래는 없다.

## 사랑은 간격에서 온다

아내가 예전 같지 않다. 나이 쉰을 넘기면서부터 아내의 성정과 감성은 느릅나무 껍질처럼 두껍고 딱딱해져서 비집고 들어갈 여지를 주지 않는다. 찔레 순처럼 부드럽고 연했던 아내가 어찌 이리도 강팔라졌을까? 우리 부부는 신혼 시절부터 지금까지 줄기차게 싸워 왔지만 요즘 들어서 벌이는 싸움은 예전 같지 않게 자못 심각하다. '부부 싸움은 칼로 물 베기'라는 말은 이제 시효가 다해 무용한 옛말이 돼 버린 지 오래다. 나이 들어서 하는 부부 싸움은 선혈이 낭자하게 마음의 살(肉)을 베기 일쑤여서 치명적인 상처와 독을 남기게 된다. 그러니 가급적 싸움을 피해야 한다.

아내가 나이가 들어 감에 따라 사소한 일에도 잘 참지 못하고 버럭, 화를 내는 이유는 무엇일까? 그게 다 내 과업過業 때문이다. 나와 연을 맺고 살아오면서 부지불식간 나로 인해 생긴 울화가 쌓였다가 도져 마치 홍수에 둑이 터지듯 분출하는 것이다. 그러므로 아내를 탓해서는 안 된다. 내색하지 않고 살고 있어서 그렇지 나

같은 사정을 지닌 채 사는 중년 이후 부부들이 적지 않을 것이다. 아내와 언쟁을 하고 나면 억울할 때가 없지 않다. 젊은 날 적수공권으로 상경해 일가를 이루기 위해 온갖 유형무형의 적들과 싸우며 애써 온 그 숱한 세월을 좀체 인정해 주지 않는 아내가 서운해 원망스럽기 때문이다.

5월은 기념할 일이 많은 달이다. 기념하는 일이 마냥 좋은 것만은 아니다. 축하할 일도 있지만 아픔을 새기자는 의미도 있기 때문이다. '부부의 날'(5월 21일)은 어떤가? 오죽하면 부부를 기념해야 할까? 그만큼 부부간 갈등이 많다는 의미가 아니겠는가? 나는 어쩌다 쓰는 글에 관성적으로 성찰이나 반성의 내용을 담을 때가 있는데, 솔직히 그럴 때마다 자괴감이나 자조감에 낯이 뜨겁다. 추상 수준에서 이뤄지는 성찰이나 반성이 스스로 생각해도 뻔뻔하고 겸연쩍기 때문이다. 이 글을 쓰고 있는 도중에도 그러한 자기혐오의 감정 상태에서 자유롭지 못하고 있다.



살붙이나 친연 관계의 사람들 사이에서 이뤄지는 갈등과 싸움은 대개가 '사이' 혹은 '간격'의 결핍에서 오는 때가 많다. 특히 가족 구성원 간의 갈등은 '심리적 거리 두기'의 실패에서 오는 경우가 다반사이다. 너무 가깝기 때문에 상대의 감정을 자기 것인 양 소유, 지배하려는 경향에서 불화가 빚어진다. 에리히 프롬의 말을 빌리면 '존재로서의 사랑'이 아니라 '소유로서의 사랑'을 하기 때문에 생기는 갈등인 것이다. 예컨대 산에 피어 있는 꽃이 아름답다 하여 그 꽃을 꺾거나 모종삽으로 옮겨 와 화분에 심어 놓고 자기 취향이나 기호대로 가꾸는 일은 사랑이 아니라 간섭이요, 억압이요, 폭력에 다름 아니다. 이 같은 소유로서의 사랑은 사랑이 아니다.

이와는 다르게 존재로서의 사랑이란 산에 있는 상태의 꽃을 그냥 지켜보는 것이다. 하지만 대개의 우리는 전자의 경우를 사랑으로 착각하며 살아가고 있다. 돌이켜보면 나와 아내, 나와 자식 간 불화의 원인도 대부분 이 거리 두기의 실패 즉, 소유로서의 관계를 사랑으로 착각한 데서 발생한 것이었다. 아내와 자식은 그동안 내 가부장적 권위 의식으로 인해 알게 모르게 짓눌려 질식해 왔던 것이다. 아내와 아들의 반란은 내게 누적된 불만이 폭발한 데서 온 것이니 누구를 탓하랴.

다도해의 섬들이 환상적인 것은 섬들의 형상들이 주는 매력에서라기보다는 섬과 섬의 간격이 주는 조화 때문일 것이다. 한겨울 수십만 마리 가창오리 떼는 한꺼번에 군무를 추며 날아오르면서도 어느 한 마리 다치지 않는다. 간격을 지키기 때문이다. 그렇다. 아름다운 사랑의 관계는 간격에서 온다.

구슬이 서 말이라도 꿰야 보배다. 아무리 훌륭한 깨달음도 실천으로 옮기지 않으면 무슨 소용이 있겠는가? 관계의 화를 줄이는 일은 호상互相 간 간격을 지키는 일이다.

## 여름 단상

나는 여름이 좋다
옷 벗어 마음껏 살 드러내는,
거리에 소음이 번지는 것이 좋고
제멋대로 자라 대는 사물들,
깊어진 강물이 우렁우렁 소리 내어 흐르는 것과
한밤중 계곡의 무명에 신이 엎지른 별빛들 쏟아져 내려
화폭처럼 수놓은 문장 보기 좋아라
천둥 번개 치는 날 하늘과 땅이 만나 한통속이 되고
몸도 마음도 솔직해져 얼마간의 관음이 허용되는
여름엔 절제를 모르는 아이와 같이
나를 마구 들키고 싶고 내 안쪽 고이 숨겨 온 비밀
몰래 누설하고 싶어라
나는 여름이 좋다

—졸시, 「나는 여름이 좋다」 부분

본격적으로 더위가 기승을 부리는 여름은 그늘을 편애하고, 햇살이 숫돌 다녀온 왜낫처럼 벼려지고, 밤은 시들지만 낮은 싱싱해 웃자라고, 강물의 혀가 석 자나 자라고, 별들이 무한 생성하고, 마음의 장판지에 더러 곰팡이가 슬고, 개와 닭의 울음소리가 서럽게 들리고, 한낮의 고요가 잘 익은 살구씨처럼 단단해지고, 까닭도 없이 몸과 마음을 발가벗고 싶은 계절이다. 여름이 오니 소음이 여기 번쩍, 저기 번쩍, 하고 있다. 열어 놓은 창으로 꼬맹이들이 놀면서 다투는 소리가 앞다퉈 들려오고, 트럭을 몰고 다니는 잡상인들 스피커 소리가 맨발로 들어와 거실이며 이 방 저 방을 기웃거린다. 공원 숲에서 이 가지, 저 가지를 넘나드는 새들이 공중에 흩뿌리는 소리의 방울도 또르르 굴러와, 휴일 한낮 모처럼의 한유를 즐기느라 소파에 비스듬히 누워 있는 발바닥 근처에 와서 머물고, 멀리 도로 바닥을 무두질하며 달리는 자동차 타이어가 내는 소리의 사금파리도 앙칼지게 유리창을 긁어 대며 낮잠의 연한 피부에 생채기를 남긴다. 아직은 철이 아니지만 얼마 지나지 않으면 소낙비처럼 쏟아지는 매미들 짝 찾는 소리도 번성하리라.

이래저래 여름은 사물과 인간이 피워 내는 소음으로 귀가 쉴 틈이 없다. 낮이 지나고 밤이 오면 열린 창으로 행인들이 내는 발걸음 소리며 두런거리는 말소리, 나뭇잎들 바람에 나부끼는 소리도 왁자지껄 들어와 집 안의 소음과 스스럼없이 섞이고 또 열린 창으로 갓 태어난,

바깥의 온갖 냄새가 들어와 실내에서 피워 내는 냄새와 거리낌 없이 살을 문댄다. 달빛이라도 휘영청 밝은 밤에는 불 꺼진 거실이나 방마다 달빛이 기웃거리고, 갑자기 일기예보를 비웃듯 밤비가 내리면 베란다로 빗방울이 뛰어들기도 한다. 이렇듯 여름은 안과 밖이 내통하기 쉽고 하늘과 지상이 요란하게 운우지정을 나누기도 한다.

그러나 여름이 마냥 즐겁고 흥성스럽지만은 않다. 각다귀 떼처럼 달려들어 사람을 지치게 하는 더위 때문이다. 요즘 사람들은 더위에 취약하다. 에어컨에 익숙한 생활 탓으로 조금만 더워도 참지 못하는 체질이 돼 버린 것이다. 어느 날 나는 길을 걷다가 인도에서 웅성대는 더위의 볼멘소리를 들었다. 무심코 고층 건물에 들어갔다가 찬바람 싱싱 불어 대는 에어컨 때문에 얼어 죽는 줄 알았다고 한 더위가 말하자 다른 더위가 말을 보탠다. 식당에서 문전 박대를 당했다 한다. 그러자 다른 더위들이 이에 질세라 웅성웅성 목청을 높인다. 전동차, 기차, 지하상가, 백화점, 은행, 아파트, 관공서, 교실, 성당, 절, 극장가 등지에서 자신들을 만나면 죽일 듯 달려드는 에어컨 바람 때문에 거리로 몰려나왔다며 하소연하고 있는 것이었다.

그러니까 이 도시에서 더위들이 머물 곳이라고는 거리와 광장과 운동장과 강변과 개천 바닥 그리고 가난한 독거노인들이 사는 쪽방촌밖에 없다는 거였다. 갈수록 영토가 줄어들어 천하를 호령하던 호시절은 다시 올 수 없을 거라며, 도시의 소음으로 매미들 울음소리가 날카롭게 진화하듯이 자신들의 성정이 톱날처럼 사나워져 가는 것은 오로지 제 육신 섬기는 데만 골몰하는 인간들의 이기적 욕망 때문이라고 성토하는 것이었다. 거리와 골목마다 우거지는 더위의 숲. 나는 인간에게 쫓기어 날로 광포해지고 있는 더위가 언젠가 떼 지어 날뛰는 날이 올 것만 같아 섬뜩한 느낌을 지울 수 없었다.

## 괜히 열심히 살았다

산을 오르다 보면 정상에 다다르고 싶은 욕심이 생긴다. 오직 눈 아래 땅만을 굽어보며 한참을 걷다가 고개 들어 올려다보면 눈앞에 정상이 보인다. 그러나 생각처럼 정상에는 쉽게 다다를 수 없다. 산에서는 거리가 잘 측정되지 않는다. 보이는 거리와 실제 거리가 다르기 때문이다. 어느 만치 올라 한 굽이를 돌면 곧바로 정상일 것 같은데 힘들여 굽이를 돌아서 올려다보면 정상은 오른 만큼 저만치 물러나 있다. 굽이는 겹치마의 주름처럼 수도 없이 일정한 간격으로 겹쳐 있어 산이 마치 숨바꼭질하듯 나를 골리는 것만 같다. 정상을 의식하고 산을 타면 곱절이나 몸이 무겁고 지쳐 힘들다. 더불어 산행의 즐거움도 사라진다. 한동안 나는 정상에의 강박 때문에 고행과 다름없는 산행을 해야 했다.

이제는 산을 오르면서 정상을 의식하지 않는다. 정상을 의식하지 않으니 조급증이 사라지고 오르는 과정이 즐거워진다. 천천히 보폭의 리듬을 지키면서 선율처럼 굽이치는 등고선을 밟아 가다 보면 조금은 몸의 수고를 덜 수 있다. 오르다가 나무와 나무 사이로 보이는, 신의 가축인 양 하늘 목장을 느리게 산책하는 서너 마리 구름을 탁본해 마음의 방에 걸기도 하고, 산 아래 마을 부챗살처럼 펼쳐진 전경을 내려다보며 생활의 옷에 묻은 집착의 먼지를 털기도 하고, 비탈이나 벼랑 끝에서 최선을 다해 핀 꽃들에 눈을 맞추기도 한다. 또 적당히 사이를 두고 숲을 이루고 있는 수종들을 보면서 사이의 결핍, 간격의 부재 때문에 멀어진 인연들을 떠올리기도 한다.



투덜거리는 무릎을 어르고 달래며 산을 오르다 보면 예고 없이 발부리에 채는 돌멩이처럼 지난 시절 나를 다녀간 생의 토막들이 불쑥불쑥 나타났다 사라지기를 반복한다. 능선을 타듯 나는 헉헉, 숨차게 살아왔다. 생의 가파른 비탈을 오르면서 나는 얼마나 자주 발목을 낚아채는 좌절과 실의의 돌부리에 걸려 넘어졌던가.

산길을 자주 오르내려도 지루하거나 식상하지 않은 것은 걷는 행위에는 무슨 의도나 목적이 없고, 그저 다만 무위의 걸음만을 반복하기 때문이다. 산은 무엇을 깨닫기 위해 오르는 곳이 아니다. 생각을 비우고 아무런 감정도 의미도 갖지 않기 위해, 그저 일개 사물이 되는 상태를 위해, 아니 그러자는 의도도 없이 무념과 무상, 정신의 진공상태에 이르기 위해 오르는 곳이다. 그럼에도 마음의 침실에는 부지불식간 잡념의 티끌이 쌓인다. 산을 다녀오면 버릇처럼 나른한 피로가 스미고 밴 몸을 침대에 쓰러뜨린다. 달콤한 수면의 늪에 빠져 허우적대다 나오면, 이상하다, 햇살 다녀간 뒤의 바싹 마른 빨래처럼 몸과 정신이 개운하다.

산속 수목들은 저마다 우뚝 서서 자기의 주장들을 하고 있다. 수목들은 하나의 몸으로 살 수 없어 따로 떨어져 자기의 말을 푸르게 퍼뜨리고 있다. 저마다의 주장은 저마다 옳아서 하나의 숲을 이루고 있다. 그 어떤 나무도 절대 존엄인 양 자기주장을 굽히지 않는다. 하늘을 다투는 나무들의 쟁투는 아름답다. 그러나 각기 다른 자세와 형상의 나무들이 드리운 그늘은 땅에서 하나의 전체가 되어 출렁인다. 산에서 나는 모든 소리는 기실 나의 내부 깊숙이에서 돌출해 바깥으로 현현하는 마음의 소리다. 그러니까 나는 내 소리에 귀를 모으며 걷는 중이다.

우리의 삶도 정상을 고집하지 않았으면 좋겠다. 정상을 의식하는 삶은 경쟁하는 삶이고 승리를 쟁취하는 삶이다. 싸워서 이겨야 하니 주변을 돌아볼 새가 없고 뒤돌아 살아온 길을 반추할 여유가 없다. 목표 달성의 삶은 우리를 힘들게 하고 지치게 한다. 사는 과정 자체에 목적을 두지 않는 삶은 사는 즐거움을 모른다. 열심히 사는 삶이 미덕이라는 고정관념을 버리자. '인생은 속도가 아니라 방향이다'라는 괴테의 말을 떠올려 본다.

# 사람은 무엇으로 사는가

공장 가동이 멈추자
하늘 푸르고 강물 맑아졌네
거리에 인간 소음 잦아들자
공기 투명해져 새들의 음표
더욱 높고 발랄해졌네
인간은 자연의 악성 바이러스
우리 몸 시들할수록
산과 들 기력을 찾네
사람에게 재앙인 코로나
자연에게 더없는 축복이라네

—졸시, 「코로나 19」 전문



코로나 팬데믹과 수해 등 자연재해 앞에서 속수무책 피해를 당하는 사회적 약자들을 대할 때마다 '자연은 어질지 않다'는 노자의 말이 절로 떠오른다. 노자의 『도덕경』 5장에는 '천지불인 이만물위추구天地不仁 以萬物爲芻拘' 란 말이 나온다. 천지는 인仁 하지 않고 만물을 추구芻狗로 여긴다는 의미다. 추구는 제사 때 사용하는 풀로 만든 개를 말한다. 이는 천지가 만물에 소홀하다는 뜻이 아니라 골고루 내비치는 태양 빛처럼 차별 없이 제사 후의 추구를 대하듯 무심하게 만물을 대한다는 뜻이다.

팬데믹의 장기화로 국내 코로나 누적 환자 수가 1만 5,761명(2020년 8월 18일 0시 기준)에 이르고 있는데 문제는 이러한 추세가 중단되거나 줄어들 기미조차 보이지 않는다는 점이다. 코로나로 인해 우리의 생활 생태계가 교란돼 생명을 잃는 이들이 있는가 하면, 적지 않은 수의 자영업자들이 생계를 위협받고 있으며, 또 실직을 당하는 이들이 속출하고 있다.



여기에 올여름 기상이변에 따른 유례없는 최장 기간의 장마 때문에 대한민국이 물의 나라가 돼 버렸다. 그런데 이러한 자연재해는 우리나라에만 국한되는 이야기가 아니다. 온실가스 배출로 지구가 날로 뜨거워지면서 전 세계 곳곳에서 폭염, 폭우, 가뭄 등 전례 없는 기상이변이 발생하고 있다. 요컨대 극단적인 이상기후가 전 지구적 생활환경의 물적 토대를 가차 없이 무너뜨리고 있는 것이다.

물론 코로나 사태나 기상이변에 따른 재해가 인간의

역사에서 전혀 낯선 종류의 경험만은 아니다. 다만 코로나의 경우 고대, 중세의 역병과는 다르게 감염 속도가 빠르고 범위가 전 지구적이라는 것과 기후가 갈수록 변화하면서 기상이변 현상의 빈도수가 잦고 수량 · 수치면에서 무섭게 기록을 경신해 간다는 것에서 우려를 갖지 않을 수 없는 것이다.

근대 이후 자연을 타자화해 온 인간 주체 중심의 이분법적 세계관이 전 세계인의 일상을 전일적으로 지배, 생태 질서를 교란해 온 결과 그 폐해가 고스란히 부메랑이 돼 인간의 몫으로 되돌아오고 있는 형국이다. 근원적으로 세계관의 대변혁을 꾀하지 않는다면 머지않아 재앙이 일상이 되는 날이 올 것이다.

"우주에서 내려다본 지구에는 국경선이 없다. 우주에서 본 지구는 쥐면 부서질 것만 같은 창백한 푸른 점일 뿐이다. 지구는 극단적인 형태의 민족 우월주의, 우스꽝스러운 종교적 광신, 맹목적이고 유치한 국가주의 등이 발붙일 곳이 아니다. 별들의 요새와 보루에서 내려다본 지구는 눈에 띄지도 않을 정도로 작디작은 푸른 반점일 뿐이다"(칼 세이건, 「코스모스」, 632쪽).

우주에는 수천억 별로 이뤄진 은하계 수천억 개가 있다. 지구가 소속된 은하계는 수천억 은하계 중 변방에 속한다. 지구는 그 은하계에서 변두리에 위치해 있다. 푸른 먼지에 지나지 않는 지구에 80억 인구가 살고 있다.

각축하는 삶을 살다 보면 광활한 우주의 시선이 필요할 때가 있다. 우주의 시선으로 바라볼 때 지구는 한낱 푸른 먼지에 지나지 않는다. 현존하는 국가, 종교, 이념, 계급, 경제, 지식 체계 등 그 무엇도 지구의 재앙을 막을 수 없다. 사람은 무엇으로 사는가. 우주적 관점에서 지구를 바라보고 인간이 만물의 주인이자 척도라는 오만과 편견에서 벗어나 나(인간) 외의 타자들을 사랑하는 마음과 겸손한 자세로 낮아질 때 자연과 인간의 상생은 구현될 것이다.

# 제2부

## 추석 유감

관습이란 개인에 관계되는 것이 아니라 전체 문화적인 인간 공동체의 유지와 발전에 관계되는 것이다. 미개한 종족들에게는 종종 아무런 이유도 없이 오직 지키기 위해서만 존재하는 터부를 유지하는 경우가 있다. 금기가 목표하는 바는 분명히 지속적으로 관습을 인식하고, 드러나지 않는 강제성을, 즉 관습을 지키게 해서 의식에 각인되도록 하는 것이다

—뤼디거 자프란스키,

『니체-그의 생애와 사상의 전기』 부분



보름 후면 추석이다. 해마다 추석을 앞두고 경향 각처에 흩어져 살던 집안 형제들은 고향 선산에 모여 벌초를 한다. 조상들의 머리와 손, 발톱을 정성껏 깎아 드리고 나서 큰절을 올린 뒤 읍내 음식점에서 늦은 점심으로 삼겹살 파티를 연다. 자의식 없이 이뤄지는 오랜 관습이다. 서울에 사는 나는 벌초를 위해 이른 새벽에 일어나 부산을 떠는 일이 때로 귀찮고 성가시다. 하지만 벌초가 아니라면 산다는 핑계로 자꾸 미루게 되는 고향 방

문이 어찌 가능할 수 있으며, 조상이 잠든 묘지들을 돌볼 수 있겠는가. 나이가 들어 감에 따라 연례행사처럼 치러야 하는 벌초 횟수도 점차 줄어들 게 분명하지 않은가. 어쩌면 벌초는 우리 대가 끝나면 더 이상 존재하지 않는 하나의 묵은 관습이 될지도 모른다.

차 없이 사는 나는, 벌초하는 날에 맞춰 예매해 둔 열차를 타고 고향으로 내려간다. 올해도 열차 편을 알아보고 있는데 집안 대소사를 도맡고 있는 사촌 동생으로부터 문자가 날아왔다. 금년에는 코로나 관계로 부득불 벌초를 대행업체에 맡기겠다는 내용이었다. 서운한 감정이 드는 한편 다행이란 생각이 들었다. 우리 같은 사정으로 손수 벌초를 못 하는 이들이 꽤 있을 것이다. 다가올 추석 연휴에는 민족 대이동의 소란도 다소 가라앉을 것으로 예상된다. 코로나로 인해 학수고대하던 자식들과의 상봉이 무산될 연로한 부모들의 상심을 떠올리자니 까닭 없이 감정이 매캐해지면서도 이제는 추석 명절의 오랜 강박으로부터 벗어날 때가 되지 않았나 하는 의문이 들기도 한다.

추석은 음력 팔월 보름의 좋은 날이라는 뜻으로 중추절仲秋節 또는 중추가절仲秋佳節이라 부른다. '5월 농부

8월 신선'이라는 말이 있다. 5월은 농부들이 농사를 잘 짓기 위해 땀 흘리면서도 등거리가 마를 날 없지만 8월은 한 해 농사가 마무리된 때여서 봄철보다 힘이 덜 들고 신선처럼 지낼 수 있다는 말이니 그만큼 추석은 좋은 날이란 의미다. '더도 말고, 덜도 말고 늘 가윗날만 같아라'라는 속담이 있듯 추석은 연중 으뜸 명절이다. 그런데 과연 4대 명절의 하나로 꼽히는 추석이 민족 구성원 모두가 여전히 풍성하게 즐기는 으뜸 명절일까. 우리의 세시 풍속은 농경의례로서 농사와 직결돼 있었다. 하지만 산업사회를 거쳐 디지털 문명 시대를 사는 요즈음에 들어서는 그 의미와 가치가 퇴색한 것이 사실이다. 과장을 실어 말한다면 '제2의 천성'(니체)으로 내면화돼 '이유도 없이 지키기 위해 존재하는 관습'으로서의 추석은 가족 간 우애로 시작해 반목과 갈등으로 끝나기도 하는 명절이 됐다.

우리 가족은 카메라를 보고 있다
아니, 카메라가 초점에
잡히지 않는
우리 가족의 균열을
조심스레 엿보고 있다
더디게 가는 시간에 지친 형들이

이러다 차 놓친다며
아우성이다 하지만
이미 무너지기 시작한 담장처럼
잠시 후엔 누가 붙잡지 않아도
제풀에 지쳐 제각각 흩어져
갈 것이다
언제나 쫓기며 살아온 우리 가족
무엇이 그리 바쁘냐며
일부러 늑장을 부리시는
아버지의 그을린 얼굴 위로
플래시가 터진다

—이창수, 「가족사진」 부분



균열을 보이고 있는 가족은 우리들 보편적 세태가 아닐까? 습관처럼 명절 증후군을 입에 올리며 '드러나지 않는 강제성'을 감내해야 하는 일은 언제쯤이나 멈출 것인가?

# 구원으로서의 시와 요건에 대해



인간 이재무는 아버지 이관범과 어머니 안종금 사이에
서 태어난 육 남매 중 장남이다.

이재무는 시를 쓰고 출판 일을 하는 사람으로서 지금
사무실에 와 있다.

하나의 '이다'와 수백 개의 '있다'로 구성된 존재가 지
금의 '나'이다.

—졸시 「실존주의」 전문

과학이 사실을 통해 진실을 구현하는 학문이라면 문학은 상상, 공상, 환상, 체험의 굴절 등을 통해 진실에 이르는 장르라 할 수 있다. 그러므로 문학은 자신의 경험 현실을 질료로 삼을지라도 그것을 사실 그대로 재현해서는 보편적 감동과 진실에 이를 수 없다.

우리가 문학을 하는 이유는 인간 실존의 해명과 구원을 위해서다. 제아무리 첨단 과학이 발전을 거듭한다

해도 그것은 인간 실존과 관련된 제 문제 이를테면 삶과 죽음, 그리움과 기다림, 슬픔과 기쁨, 우울과 권태 등을 다룰 수 없다. 인간 실존을 둘러싼 질의와 응답은 오로지 인문학, 그중에서도 특히 문학을 통해 규명될 수 있고 해결의 실마리를 찾을 수 있다. 이러한 이유 때문에 최첨단 디지털 기술 문명 시대에도 우리는 문학 행위를 멈출 수가 없는 것이다.

그렇다면 인간 실존이란 무엇인가? 내 식으로 거칠게 추상화시켜 말한다면 그것은 하나의 '이다'와 무수한 '있다'로 구성된 그 '무엇'이라 말할 수 있다. 가령 현재의 '나'는 누구와 누구 사이에서 태어난 '이다'와 사는 동안 경험됐거나 경험 중인 '있다'의 행위들(집에 있다, 산에 있다, 외국에 있다 등등)을 통해 구성되기 때문이다. 요컨대 우리가 사는 세상에서 하나의 '이다'와 무수한 '있다'를 벗어날 존재란 없다.

문학 행위란 바로 이 하나의 '이다'와 무수한 '있다'로 구성된 인간의 제 문제를 언어를 매개해 다루는 것이라 할 수 있다. 시문학 역시 예외일 수 없다. 문학의 하위 장르들은 저마다의 '룰'을 지니고 있는데 시문학에서는 이 '룰'을 구성 요소라 한다. 그러니까 시작 행위는 시의 구성 요소인 이미지, 비유, 리듬, 상징, 반어, 알레고리, 역설, 어조, 시점과 거리, 화자, 인유와 패러디, 구성 등을 통해 인간 실존의 제 문제를 간접적 혹은 우회적으로 전달하는 방식이라 말할 수 있다.

인생에 정답이 없듯이 시에도 정답이 있을 수 없다. 시문학처럼 스펙트럼이 넓은 장르도 없을 것이다. 따라서 시에 대한 기호와 취향은 얼마든지 다를 수밖에 없다. "모든 좋은 시는 저마다의 방식으로 빛나고 있는 것"(유종호 평론가)이다. 시의 정의는 시인들 수만큼이나 많을 수밖에 없다. 그래서 엘리엇은 "시에 관한 정의의 역사는 오류의 역사"라고 말했다.

과학사학자이자 철학자인 토머스 쿤의 저서 『과학혁명의 구조』에 의하면 패러다임은 절대적 · 객관적 진리가 아니다. 그것은 당대 사회 구성원들의 합의에 의해 기초된 것으로서 상대적이고 주관적인 것이다. 이 말은 절대 불변의 패러다임은 있을 수 없다는 말로서 시대에 따라 당대 사회 구성원들의 합의가 달라지면 패러다임도 얼마든지 달라질 수 있다는 뜻이다.

패러다임의 역사 혹은 에피스테메의 역사처럼 좋은

시의 요건도 시대의 부침을 겪는다. 대개의 경우 그것은 이전 시대의 패러다임을 추문화시키는 것에서 출발한다. 패러다임은 생성과 소멸의 운명을 겪는다. 이상의 실험시와 김수영의 참여시와 신경림의 민중시와 박노해의 노동시가 이렇게 해서 태어났다. 물론 앞서 말한 것처럼 어떤 시에 대한 공준이 있어 그것이 명료하게 주어지고 결정되는 것은 아니다.

그러나 부침하는 패러다임 속에서도 항상성으로 존재해야 하는 시의 조건은 있다. 이를 나는 연암 박지원의 말로 대신하고자 한다. 시는 "있었던 세계 그리고 있는 세계에 대한 비판과 통찰을 통해서 있어야 할 세계를 전망하고 모색한 것"(『열하일기』)이어야 한다.

# 만추

언제부턴가 갈대는 속으로
조용히 울고 있었다.
…(중략)…

바람도 달빛도 아닌 것.
갈대는 저를 흔드는 것이 제 조용한 울음인 것을
까맣게 몰랐다
—산다는 것은 속으로 이렇게
조용히 울고 있는 것이란 것을
그는 몰랐다

—신경림, 「갈대」 부분



코로나 사태로 시작된 한 해가 마감을 달포 앞두고 있다. 올해는 말의 온전한 의미 그대로 일도 많았고, 탈도 많았던 해였다. 윤달이 낀 해여서인지 평년보다 단풍이 늦되어 찾아왔다. 평균수명이 늘어난 초록은 지칠 기색을 보이지 않다 시월 말 들어서야 서둘러 붉거나 노랗게 물들기 시작한 것이다. 꽃은 순간에 피었다가 지지만 초록은 순간에 피어 길게 수를 누리다 간다. 돌아보니 나를 다녀간 인연 중에는 꽃 같은 이가 있었고, 초록 같은 이도 있었다.

바쁜 일상의 궤도를 벗어나기가 쉽지 않은 탓에 귀뚜라미 울음소리 한 번 듣지 못하고 산국화 한 송이 보지 못한 채 보도블록에 떨어진 낙엽이나 밟으며 마중과 배웅도 없이 가을을 맞고 보냈다. 오늘 이곳을 사는 이들의 대개는 일찍이 서정주 시인이 노래한 '국화'를 산과 들에서보다 장례식장에서 더 자주 만나 왔을 것이다. 어느 때부터인가 국화는 봄에 우는 소쩍새와 먹구름 속의 천둥과 가을 무서리와는 아무런 상관없이 공장에서 한꺼번에 부화되는 병아리같이 한날한시에 태어나 생의 긴 여정을 생략한 채 영정 사진 앞에서 사람들(문상객들)을 대해 왔기 때문이다.

십일월은 곡물이 떠나는 전답과 배추가 떠난 텃밭과 과일이 떠난 과수원이 글썽글썽, 무럭무럭 늙어 가는 달이다. 단풍이 시나브로 지면서 산이 쇄골을 드러내고 강물은 여위어 가고, 새벽 들판 살얼음에 별이 반짝이고, 문득 추억처럼 첫눈이 찾아와 까닭도 없이 눈시울을 적시기도 하는, 죄가 투명하게 비치고 영혼은 계곡물처럼 맑아지는 달이다.

십일월에 나는 호주머니가 많이 달린 외투를 입고 숲을 찾아 주머니마다 정령들을 들여앉힌 뒤 나를 심문하는 시간을 갖고 싶었지만 마음만 간절할 뿐 아직 실행에 옮기지 못하고 있다. 적막한 산길을 걷다가 내가 내는 소리에 스스로 놀라 뒤돌아볼 때 길게 휘어진 길이 귀를 세워 나를 엿듣는 풍경은 떠올리는 것만으로도 가슴을 뛰게 한다.



산에 들지 못하는 심사를 강변을 걸으며 대신 달랜다. 걷다 보면 순차적으로 눈에 들어오는, 특별한 사물들이 있다. 갈대와 억새. 갈대는 투박하고 억새는 섬세하다. 굵고 우직한 직선과 가늘고 부드러운 곡선. 하늘 아래 나란한 타악기와 현악기의 연주가 묘한 앙상블을 이룬다. 갈대는 자기 밖의 세계를 안에 품는 형상이고 억새는 자기 안의 사유를 바깥으로 드러내는 형상을 지녔다. 독일의 실존주의 철학자 마르틴 하이데거의 표현을 빌리면 강을 배경으로 자신을 능숙하게 표현하는 '존재자들(자연 사물들)은 존재(신)'를 이러, 저러하게 '구현한다'. 신은 하릴없이 적적하실 때 갈대와 억새를 필기도구 삼아 허공의 백지에 일필휘지하신다. 경전을 대하듯 그 뜻을 새겨읽는다. 세계 내 편재하는 사물들이 발하는 침묵의 사연을 번역한다. 물론 이때 원전에 대한 누락과 결핍은 불가피하다.

내 생을 다녀간 얼굴들이 외화의 자막처럼 지나간다. 나는 불쑥, 얼굴을 내밀어 오는 어제를 되새김하고 오늘을 성찰하면서 막연하나마 미래를 예감한다. '시간과 존재'와의 관계를 궁구하는 것이다. 갈대와 억새와 강물에 번갈아 눈을 주면서 서정성을 바탕으로 인간 존재의 본질을 탐구한 시편 「갈대」를 조용히 읊조려 본다. 화자 '갈대'는 시인의 분신이자 인간 존재를 표상하는 사물이다. 소설가 이호철은 이 시에 대해 "아득하게 잊어버렸던 고향이 생생하게 되살아나고 고향 사람들의 얼굴이 가까이 보이곤 한다"고 했다. 고독과 불안을 안고 살 수밖에 없는 인간 숙명을 노래한 시에서 나는 작은 위로와 구원을 얻는다.

## 나는 저녁이 좋다

하오, 풀잎의 그늘 속에서 예감하는 저녁은 꽃송이처럼 밤을 연다. 농가에는 들에 나가 있던 인부와 가축들이 돌아오고 항구에는 바다를 낚던 선박들이 돌아온다. 밤의 지붕 아래 상점들이 하나둘 불을 켜기 시작하면 비로소 도시는 비 젖은 야생초처럼 활기를 띤다. 크고 작은 빌딩에서 물방울처럼 튀어나온 사람들이 물결이 돼 흘러가는 거리는 갓 캐 온 채소처럼 푸르고 싱싱하다. 흥성스러운 골목 속으로 나는 한 마리 야생이 돼 컹컹 짖으며 걷는다. 저녁은 내 생의 자궁, 나는 날마다 저녁에 태어나 아침에 죽는다.

과거의 한때는 순간순간에 소환돼 지금의 생생한 느낌 속에 용해된다. 연기로 하루를 열고 닫던 시절이 있었다. 조석으로 집의 굴뚝을 타고 피어오르던 연기들은 어디로 사라진 것일까. 멀리 떠나 있다가 해거름이 돼 귀가할 때면 호명처럼 손 까불며 반기던, 결 곱던 푸른 연기가 어제의 일인 듯 눈에 선하다.

어린 시절 저물녘 마을의 밥 짓는 풍경은 그럴 수 없이 평화롭고 아름다웠다. 굴뚝을 빠져나오는 연기는 약속이나 한 듯 뒤꼍을 한 바퀴 휘돌아 나무의 영혼인 양 산속으로 기어든다. 자작자작 밥물이 잦아들 즘 화력을 줄여 뜸을 들이고 나면 동굴 속처럼 어둠이 고인 부엌에서 머릿수건을 풀면서 나온 어미들이 사립에 서서 오래된 약속처럼 고샅을 향해 자식들 이름을 부르며 놀이에 빠진 아이들을 불러들였다. 어미들의 괄괄한 목청으로 온종일 적막의 울타리에 갇혀 있던 마을은 잠시 잠깐 장터의 쇠전처럼 소란으로 반짝, 부산스럽다가 이내 곧 깊은 적요의 바닷속으로 잠겨 들었다.

겨울 저녁 강변을 걷다 보면 어둠이 멍석처럼 깔리는, 길게 활처럼 휘어진 강과 길이 왈칵, 까닭도 없이 서러워진다. 완만한 곡선은 하늘의 손이 그은 것, 누구도 지울 수 없고 누구도 함부로 지워서는 안 되리. 반원의 길을 따라 걷다 보면 나도 모르게 입에서 흘러나오는 고저장단의 가락이 있는데 그것은 신이 시킨 일, 어느 때는 웃고 어느 때는 울부짖는다.

나는 한지에 먹물처럼 번져 오는 땅거미가 좋다. 막 펼쳐지기 시작한 어둠의 치마폭에 철없는 아이로 안겨 있으면 달콤한 몽상이 모락모락 피어오르고, 그리움의 근친들은 아득한 시간의 둑을 걸어와 불쑥 나를 방문하기도 한다. 또한 어둠이 밀물처럼 잔잔하게 몰려와 내 생의 안쪽을 물들이고 이성의 지배하에 놓여 있던 나를 감성의 나라로 이주시킬 때 은폐된 신의 선물같이 시의 씨앗 한 알 우연히 마음의 뜰에 떨어져 발아하기도 한다.

어둑어둑해지는 때에 나는 우리로 돌아가는 가축의 심정이 되지만 더러는 위험한 충동에 빠지기도 하는 것이어서 불쑥, 가출에의 욕망으로 가장을 벗고 건달로 갈아입고 싶어지기도 한다. 오, 저녁이여, 팜므파탈이여.

허무를 위해서 꿈이
찬란하게 무너져 내릴 때

젊은 날을 쓸쓸히 돌이키는 눈이여
안쓰러 마라
생애의 가장 어두운 날 저녁에
사랑은 성숙하는 것

화안히 밝아 오는 어둠 속으로

시간의 마지막 심지가 연소할 때

눈 떠라

절망의 그 빛나는 눈

—오세영, 「12월」 부분

홀로 시간의 언덕을 넘는다. "이쪽의 대지에서 해가 지고 있을 때 저쪽의 바다에는 해가 뜨고 있는 거였어 어디에서 바라보느냐에 따라 삶이 고동칠 수도 잿빛 어스름으로 사라질 수도 있다는 것을……"(김호균, 「해가 질 때 뜨는 해」 부분) 생각하며 점화의 순간처럼 붉게 타오르는 서녘 노을을 눈에 담는다.

저녁 공기는 딱딱해지고, 강안에서 태어나 사람을 만나 본 적이 없는 생면부지의 바람이 불어와 옷섶을 헤치고 막 돋아난 땀방울의 꼭지를 비틀어 딴다. 하루가 등을 보이며 멀어지고 난 갑자기 찾아온 무서운 기억을 지우려 숨차게 어머니의 강을 건너 아버지의 마을로 되돌아온다. 한 마리 된새가 나를 따른다.

# 한 줌의 눈물

막차는 좀처럼 오지 않았다
대합실 밖에는 밤새 송이눈이 쌓이고
흰 보라 수수꽃 눈 시린 유리창마다
톱밥 난로가 지펴지고 있었다
그믐처럼 몇은 졸고
몇은 감기에 쿨럭이고
그리웠던 순간들을 생각하며 나는
한 줌의 톱밥을 불빛 속에 던져 주었다
내면 깊숙이 할 말들은 가득해도
청색의 손바닥을 불빛 속에 적셔 두고
모두들 아무 말도 하지 않았다
산다는 것이 때론 술에 취한 듯
한 두름의 굴비 한 광주리의 사과를
만지작거리며 귀향하는 기분으로
침묵해야 한다는 것을
모두들 알고 있었다
오래 앓은 기침 소리와
쓴 약 같은 입술 담배 연기 속에서

싸륵싸륵 눈꽃은 쌓이고
그래 지금은 모두들
눈꽃의 화음에 귀를 적신다
자정 넘으면
낯설음도 뼈아픔도 다 설원인데
단풍잎 같은 몇 잎의 차창을 달고
밤 열차는 또 어디로 흘러가는지
그리웠던 순간들을 호명하며 나는
한 줌의 눈물을 불빛 속에 던져 주었다

—곽재구, 「사평역에서」 전문



나이 드니 가장 쉬웠던 일이 가장 어려운 일이 되는 수가 생겨난다. 그중 하나가 잠을 자는 일이다. 몸을 빠져나간 잠이 천장이나 문지방에서 나를 기웃대는 날이 늘어 간다. 어르거나 달래도 어깃장을 부릴 뿐 도통 말을 듣지 않는다. 정신은 은화처럼 또렷해지고 사대육신은 덕장에서 시간을 보내고 온 생선처럼 딱딱하게 굳어 가는데, 불쑥불쑥 지난날의 과오들이 찾아와 헛살았다, 헛살았다, 염장을 질러 댄다. 겨울밤은 깊고 회한의 수심도 깊이를 더해 간다. 창밖 무릎이 시린지 나목들의 시름 소리 우련하게 들려온다. 이럴 때 나는 버릇처럼 시와 음악을 꺼내 읽거나 듣는다. 위 시는 '한밤중에 눈이 내리네, 소리도 없이, 가만히 눈 감고 귀 기울이면, 까마득히 먼 데서 눈 맞는 소리'로 시작되는 송창식의 노래 〈밤눈〉을 배경음악으로 깔고 읽으면 더욱 운치가 있다.

이 세계는 이성이나 과학으로 사유할 수 없는 분야도 많다. 인간 실존을 둘러싼 문제가 그렇다. 가령, 왜 사는가? 죽음과 탄생, 운명이란 무엇인가? 고독, 불안, 절망 그리고 그리움과 기다림에는 왜 감기처럼 면역이 없는가? 주기적으로 찾아오는 사랑과 이별을 피할 수는 없는 일인가? 선천적이고 항구적인 존재가 아닌 '사회적 관계의 총체'로서의 인간이 살아가는 동안 발생시키는 실존 차원의 문제들은 이성과 과학의 영역에서 다루거나 답을 구하기 힘들므로 추상적이고 논리적인 언어 대신 다른 형식의 언어 즉, 신화나 은유, 이미지, 상징의 언술로 접근할 수밖에 없다.

삶에는 정답이 있을 수 없고, 누구도 예측할 수 없는 것, 그리고 삶은 살수록 요령부득이고, 헤아릴 수 없이 깊고 넓은 것, 그러니 침묵할 수밖에 없다는 것 등이 시인이 생각한 삶의 명제인 것이다. 삶이 이처럼 웅숭깊음으로 "내면 깊숙이 할 말들은 가득해도/ 청색의 손바닥(추워서 언 손바닥)을 불빛 속에 적셔 두고/ 모두들 아무 말도 하지 않"고 있는 것이다. 이처럼 시는 이성이나 과학의 바깥에서 생과 삶의 근원을 찾아간다.

대개의 좋은 시편들이 그러하듯이 이 시는 전경화에 성공하고 있다. 전경화란 대상 전체를 묘사하지 않고 가치와 의미를 부여한 특정 부분만을 전면에 내세우고 나머지는 생략하거나 배경으로 처리하는 기법을 말한다. 위 시는 눈이 내리는 밤 풍경 전체를 대상으로 삼지 않고 시골 간이역 대합실만을 선택해 집중적으로 부각시키고 있다. 이러한 전경화 덕분에 우리는 시인이 언어로 그려 내고 있는 풍경을 눈앞에서 보듯 생생하게 떠올릴 수 있게 되는 것이다. 필립 시드니는 시를 일컬어 "언어로 된 그림"이라 규정하고 있는데 위 시편은 이러한 정의에 잘 부합하고 있다. 늦은 밤 시를 읽다 보면 분주해 들끓던 마음이 절로 가라앉는다.

# 지상에 유배당한 존재들

자주 뱃사람들은 장난삼아
거대한 알바트로스를 붙잡는다.
…(중략)…

한때 그토록 멋지던 그가 얼마나 가소롭고 추악한가!
어떤 이는 담뱃대로 부리를 들볶고,
어떤 이는 절뚝절뚝, 날던 불구자 흉내 낸다!

시인도 폭풍 속을 드나들고 사수를 비웃는
이 구름 위의 왕자 같아라.
야유의 소용돌이 속에 지상에 유배되니
그 거인의 날개가 걷기조차 방해하네.

—샤를 보들레르(김붕구 역), 「알바트로스」 부분



보들레르는 유복한 유년을 보냈지만 아버지가 세상을 떠난 후 어머니가 재혼하자 무절제한 생활의 늪에 빠져들게 되고 마침내는 거리의 여인 사라와의 성적 쾌락에 탐닉해 빚에 쪼들리게 된다. 이를 지켜보던 형 알퐁

스가 그 사실을 의붓아버지에게 알리고, 이에 가족회의가 열려 보들레르는 1841년 1월 인도의 캘커타행 남해호에 실려 먼 항해를 떠나게 된다. 1859년 발표된 시 「알바트로스」는 인도양 항해의 기억을 담고 있다. 배에 승선해 있던 한 군인에게 잡힌, 몸통이 3m가 넘는 거구의 바닷새 '알바트로스'가 수부들에 의해 질질 끌려다니는가 하면 온갖 방식으로 모진 박해에 시달리는 것을 본 보들레르는 충격을 받는다. 선원들에게 조롱당하는 새에게서 지상에 유배당한, 저주받은 자신(시인)을 보았던 것이다.

이 시를 읽을 때마다 우리 시대 시인들의 왜소해진 초상을 떠올린다. 160년 전 유럽의 한 시대를 풍미했던 위대한 시인의 결핍과 궁핍이 시대와 지역을 떠나 여전히 진행 중이라는 것, 아니 시간이 흐를수록 날개 다친 새처럼 더욱 추락해 자본 생태계의 가장 밑바닥에 처해져 있다는 사실이 서글프다.

또한 그리스 신화에 나오는 '필록테테스'와 같은 존재가 오늘날의 시인이 아닐까 하는 자괴, 자조감이 들기도 한다. 상속받은 치명적인 무기인 활과 화살을 가지고 트로이전쟁에 참가하던 중 독사에 물려 상처를 입고 고약한 냄새를 피우며 고통으로 소리를 질러 대는 바람에 그리스인들에 의해 섬에 팽개쳐진 신세가 돼 버린 필록테테스처럼 세상의 이목으로부터 멀어진 처지가 돼 버린 오늘의 시인들! 다음의 시는 어떤가?

> 가젤영양 한 마리 물속의 악어에게 먹히고 있다. 순간이었다. …(중략)… 정확히 몸통을 물린 가젤영양은 물린 채 깊은 곳으로 끌려갔고, 먹이를 가로채려는 다른 악어떼들의 싸움 속에 형체도 없이 사라졌다
>
> —이건청, 「시인」 부분



생태 보고서 형식을 띤 시의 화자(관찰자)는 악어에게 몸통을 물려 형체도 없이 사라지는 '가젤영양'이 다름 아닌, 오늘날 자본주의 생태계 먹이사슬에서 가장 낮은 단계와 위치에 놓인 시인임을 담담하게 전하고 있다. 빈곤과 차별의 실존적 위기에 처한 시인들은 '캘린더의 시간이 아니라 시계의 시간'(발터 벤야민)을 살고 있으며, 그런 이유로 사물과 세계 앞에서 계기판의 눈금 같은 영혼의 울림과 북극을 향해 바늘 끝이 흔들리는 지남철 같은 떨림을 경험하지 못한다.

대체로 텍스트 내에서는 시적 진실을 인정받지만 시

바깥의 현실에서는 조롱과 왜곡과 망각의 수모를 겪고 있는 시인들은 이제, 보다 체계화되고 세련된 방식으로 야만을 조장하는 시국에 대해 비분강개해 노여워하거나 울분을 토하지 않는다. 규율과 시간표에 익숙해진 시인들은 술을 줄이거나 끊고 밤이 오기 전 일찍 귀가를 서두른다. 모범 시민이 돼 물가를 걱정하고 부동산 경기와 주식 시세를 알아보고 월드 스포츠 경기 관람을 즐긴다. 목청껏 노래를 부르지 않고 선율이 흐르는 찻집에 앉아 낮은 목소리로 담소를 나누다 일어선다. 누구의 안부도 간절히 그립지 않은 시인들은 도시의 밀림 속을 저 혼자 길짐승이 돼 걸어간다. 시 쓰는 기술자가 돼 버린 것이다.

# 시의 고향을 찾아서

우리들 생의 영원한 어머니이신 고향은 자신이 배태한 것들에게 먹을 것과 마실 것, 나아가 삶의 원리와 지혜를 안겨 준다. 마을의 지킴이처럼 붙박이로 남아 있는 사람이든 피치 못할 사연으로 야반도주한 사람이든 혹은 야망의 실현을 위해 남다른 각오와 결의를 가슴에 품고 떠난 사람이든 고향은 파란만장과 우여곡절로 점철된, 요람 이후 요철 심한 긴 여로의 뚜렷한 지표이자 기준이며 열쇠가 돼 방향과 균형을 잡아 준다. 그러므로 너무 멀리 걸어왔다는 자책이 불쑥 고개를 내밀 때마다 우리는 부지불식간 생의 출발지이자 삶의 원천인 고향을 떠올려 보는 것인지도 모른다.

이 지상에 태어나 족적을 남기고 가는 것들에게는 모두가 예외 없이 원천 회귀의 향수가 있다. 고향은 생의 첫 질문이 시작되는 곳이고 거듭되는 의문에 대한 답을 내려 주는 곳이다. 그러나 그때의 답은 논리나 합리 등의 이성적 의미보다는 암시와 우회 등의 비유의 표정으로 다가오는 경우가 더 많다. 사람의 한살이와 마찬가지로 시인이 지은 시詩에도 태어나 자란 고향이 있다.

문학예술 종사자들에게는 자신만의 고유한 문채文彩·문체文體가 있다. 문채·문체는 단순한 장식적 수사가 아니다. 동일한 대상에 대한 인식 차이가 그것의 차이를 가져오는 것이기 때문이다. 문채·문체는 그 사람의 생과 삶의 총체라고 말할 수 있다. 문채·문체의 차이를 결정짓는 요인에는 여러 가지가 있을 수 있다. 유전적 형질, 지역, 계급, 성별, 세대, 경험의 총체 등의 다양한 요소가 음양으로 작동한 결과 대상에 대한 인식의 차이를 가져오고, 그 차이가 결국 그 시인의 고유한 개성적 문채·문체를 결정짓는 것이다. 따라서 문채·문체는 그의 역사관, 세계관, 가치관의 반영이랄 수 있다.

하늘은 날더러 구름이 되라 하고
땅은 날더러 바람이 되라 하네.
청룡 흑룡 흩어져 비 개인 나루
잡초나 일깨우는 잔바람이 되라네.
뱃길이라 서울 사흘 목계나루에
아흐레 나흘 찾아 박가분 파는
가을볕도 서러운 방물장수 되라네.

산은 날더러 들꽃이 되라 하고
강은 날더러 잔돌이 되라 하네.
산서리 맵차거든 풀 속에 얼굴 묻고
물여울 모질거든 바위 뒤에 붙으라네.
민물새우 끓어 넘는 토방 툇마루
석삼년에 한 이레쯤 천치로 변해
짐 부리고 앉아 쉬는 떠돌이가 되라네.
하늘은 날더러 바람이 되라 하고
산은 날더러 잔돌이 되라 하네.

—신경림, 「목계 장터」 전문



시인이 태어나 자란 곳은 정착만을 의미하는 전형적인 농촌 마을과는 달랐다. 그 마을은 농사일이 주가 되는 농촌이 아니라 때로 농사는 뒷전이거나 부업이 되고 뒷산의 광산 일이 주업이 되는 조금은 이질적인 풍속이 자리한 반농半農의 마을이었던 것이다. 주지하다시피 당시(일제강점기)의 광산에는 경향 각처의 별별 사람이 다 모여들었다.

즉, 그의 고향 마을은 일제 징용에 끌려갔다 돌아온 사람들의 느려 터진 토박이 방언과 함경도 · 평안도 · 전라도 등에서 내려오고 올라온 억센 팔도 사투리들이 엇

섞여 북새통을 이뤘다. 시끌벅적 장터가 들어서고 풍문이 들려오고, 난 사람이 있는가 하면 든 사람이 빈 곳을 채우는 활기 넘치는 마을의 유다른 풍속이 감수성 예민한 소년 신경림에게 미친 영향은 실로 적지 않았으리라. 이렇듯 소년 신경림은 정착과 유랑의 접경이자 교착점이랄 수 있는 고향 마을의 특유한 생태 환경 속에서 자랐다. 훗날 시와 생활에서 보이는 그의 양면적 기질(정착과 유랑, 부드러움과 강함)은 마을의 이러한 풍속에 힘입은 바 크리라.

나는 시인의 고향을 찾은 적이 있었는데 영감의 원천인 '목계나루'를 찾아볼 수 없었다. 강안에 처박힌 조각배가 그곳이 나루터였음을 알리고 있었다. 책보를 어깨에 멘 어린 신경림이 나를 부르는 환청에 잠시 마음이 어지러웠다.

## 돌아간다는 말

저명인사의 묘비명은 곧잘 화젯거리를 낳는다. 극작가 조지 버나드 쇼는 "내 언젠가 이런 꼴 날 줄 알았지", 소설가 어니스트 헤밍웨이는 "일어나지 못해, 미안하오", 화가 미켈란젤로 부오나로티는 "아무것도 보지 않고 아무것도 듣지 않는 것만이 진실로 내가 원하는 것", 중광 스님은 "괜히 왔다 간다", 천상병 시인은 "소풍"이라 했다. 그런데 나는 죽음에 대한 이러저러한 표현 중 가장 일반적으로 쓰이는 '돌아가셨다'라는 말이 제일 마음에 와닿는다. '돌아갔다'는 말은 '왔다'라는 말을 전제하지 않고는 쓸 수 없는 말이다. 그러므로 '돌아가다'라는 말은 온 곳으로 다시 '가다'라는 말이 된다. 그렇다. 언젠가는 태어나기 이전의 원적지로 다시 돌아가야 한다. 지구는 우리가 잠시 머무르다 가는 여행지일 뿐이다. 머물렀다 가는 길에 생의 감탕을 남기는 일은 죄를 짓는 일이다.

"이슬 더불어 손에 손을 잡고// 나 하늘로 돌아가리라/ 노을빛 함께 단둘이서/ 기슭에서 놀다가 구름 손짓

하면은// 나 하늘로 돌아가리라/ 아름다운 이 세상 소풍 끝내는 날/ 가서, 아름다웠더라고 말하리라"(천상병, 「귀천」 부분). 일체의 장식적 수사와 기교를 생략한 채 '이슬' '노을빛' 등의 감각어로 빚어낸 소멸의 이미지로 미련과 집착을 버린 무욕의 세계를 명징하게 드러낸 이 시편은 읽을 때마다 뒤죽박죽 엉켜 살아온 지난날을 돌아보는 계기를 마련해 준다.

왔던 것은 언젠가는 가게 마련이다. 누구도 벗어날 길 없는 자연의 순리요 법칙이다. 시절도 만남도 젊음도 사랑도 와서는 북새를 이루다가 소리 소문 없이 떠나가는 것, 이것은 누구나 살면서 겪고 치러 내야 할 숙명의 과제요 자명한 이치다. 젊은 날은 세계의 중심으로서 내게로 오는 것에 주목하며 살지만 나이가 들어 감에 따라 더 이상 세상의 주인이 아니라는 걸 깨닫게 되면서 내게서 떠나가는 것에 더 눈길을 보내며 살아가게 되는 것이다.

최근 들어 이른 새벽에 깨어나면 누워 있는 상태로 한참을, 우두망찰 벽이나 천장을 번갈아 바라보는 버릇이 생겨났다. 그럴 때면 아득히 먼 과거의 파편들이 계통 없이 수시로 출몰해 머리를 어지럽히곤 한다. 그러나 이런 혼돈이 나는 싫지가 않다. 현재에 무의도적으로 개입하는 과거의 조각들로 인해 내 삶은 매 순간 다르게 구성된다. 요컨대 출몰하는 과거로 인해 나는 새롭게 구성돼 다시 태어나는 것이다. E. H. 카의 '역사란 무엇인가'를 빌려 말한다면 개인의 역사에 있어서도 '과거와 현재는 끊임없이 대화'를 하는 것이다.

장면 하나: 코흘리개 어린 시절에 동무들과 어울려 구슬치기, 딱지 따먹기를 해서 모은 그 귀한 보물들은 어디로 다 증발해 버렸나? 우리가 평생 살면서 애써 모은 것들도 먼먼 후생에는 그날의 딱지나 구슬처럼 자취가 없을 것이다.

장면 둘: 소풍날 시오 리 굽은 길을 걸어 산사山寺의 큰 나무 아래 옹기중기 모여 앉아 김밥 먹고 노래자랑과 보물찾기를 하다가 해 저물면 정리 정돈한 뒤 오던 길을 되돌아갔듯, 지금은 생의 놀이가 한창이지만 도도한 삶의 취흥도 이내 곧 시들어 마침내 삶이 종착에 이르게 되는 날에는 사느라 어지럽힌 자리 치우고 정淨한 몸으로 귀천해야 하리.

장면 셋: 겨울의 하오 또래들과 땅뺏기 놀이에 열중하다가 다저녁때 밥 지어 놓은 엄니의 호명 소리에 사금파리로 야금야금 차지한 땅을, 누가 시킨 것도 아닌데

신발로 박박 문질러 지우고는 집으로 달려갔듯이 하늘로부터 부름받는 날엔 아등바등 움켜 온 재물 따위 내팽개치고 왔던 때의 홀몸으로 돌아간다면 그처럼 거룩한 일이 어디 있으랴.

이 세상에서 가장 먼 길은 내가 내게로 돌아가는 길이다. 살아오면서 나는 나로부터 너무 멀리 걸어왔다. 내가 나로 돌아가는 길은 사느라 희로애락喜怒哀樂과 애오욕愛惡慾으로 더럽혀진 영혼을 깨끗이 씻는 일이다.

## 제노사이드

봄은 마냥 부드럽고 섬세한 계절만은 아니다. 야누스의 계절인 봄에는 에로스와 타나토스 충동의 상반된 이중성이 들어 있다. 봄날 속에는 날카로움과 부드러움, 탄력과 이완, 불과 얼음, 탄생과 죽음, 활력과 게으름 등이 동전의 앞뒷면처럼 들어 있다. 시인 이장희의 시구절처럼 '꽃가루와 같이 부드러운 고양이의 털에 고운 향기가 어리우지만 동시에 금방울과 같이 호동그란 고양이의 눈에 미친 불길이 흐르는 것'이 봄이다. 봄은 마음만 훔치고 몸은 멀리하는 여인처럼 애간장을 태우는, 가깝고도 먼 존재이다.

봄비가 다녀가면 긴 겨울 내내 침묵 속에서 사유를 우려내던 초목들이 자연의 키보드 앞에 앉아 시문詩文을 쳐 대기 시작한다. 반짝반짝 새롭게 태어나 생동하는 초록 문장들이 산과 들의 지면地面을 가득 채운다. 새로운 뜻으로 충만되는, 지상에서 가장 깨끗한 문자들의 행렬을 벅차게 읽노라면 비 다녀간 산길처럼 마음이 시원하게 열린다. 시골 오일장 좌판에는 벌써 연초록 신간들이 초록 향기를 풍기며 수북하게 쏟아져 나와 있을 것이다. 숨은 신이 햇살과 바람과 비와 구름을 필기도구 삼아 일필휘지로 토지土紙에 휘갈겨 쓴 푸른 책들! 일찍이 마르틴 하이데거가 진술한 바처럼 존재(神)는 존재자들(자연 사물들)을 시켜 저렇듯 당신 자신을 표현해 내고 있는 것이다. 하늘(神)이 쓴 천문天文을 두근두근 숨차게 호흡하면서 일상이 입힌 영혼의 얼룩을 지운다.

봄밤이다. 낮을 관장하던 시각의 문이 닫히고 밤을 위한 청각의 문이 열리고 있다. 내 몸의 기관은 온갖 사물이 내는 소리들과 냄새들을 빨아들인다. 공기 속에서는 누룩 익는 향내가 난다. 이스트를 넣은 양 대지는 부풀어 올라 몰캉몰캉 감정을 반죽하기에 좋다. 바야흐로 감각의 향연이 벌어지고 있는 것이다.

날이 밝아 오면 봄은 삼동 내 지속됐던 파업을 끝내고 엽록소 공장을 다시 가동시킨다. "우리 인간은 식물에게서 탄수화물을 훔쳐 에너지로 삼고 호흡 과정에서 배출한 이산화탄소는 식물에게 흡수돼 탄수화물 합성에 재활용된다. 그리고 이 위대한 순환 작용은 1억 5,000만 킬로미터 떨어진 태양에서 오는 빛 때문에 가능하다. 자연의 협업이 참으로 놀랍다"(칼 세이건, 「코스모스」 부분).

봄볕을 쬐거나 껴입고 있으면 몸속에 사는 열 살 어린아이가 밖으로 튀어나와 동요를 부르며 칭얼대기도 한다. 용돈을 아껴 산 호루라기를 시도 때도 없이 불고 다녔던 시절로 돌아가고 싶은 것이다. 호루라기를 불면 염소는 풀을 뜯다 말고 꽃처럼 예쁜 뿔을 흔들어 푸른 울음을 허공에 뱉어 냈고 냇물은 햇살을 튕겨 은빛으로 반짝였다. 또, 가지 밖으로 얼굴을 내민 연초록들은 바람에 그네를 타며 하얗게 나부끼고 이 가지에서 저 가지로 넘나들던 새들의 음표가 한 옥타브 높아지곤 했다.



그런데 이렇듯 장엄하도록 몽롱한 봄날의 이면은 어떠한가? 내가 조석으로 거니는 도심의 길가 잡풀들은 봄이 오면 잔인한 폭력에 노출돼 실로 형언키 어려운 고통을 치러 내야 한다. 이주해 온 유럽인들의 힘의 강제에 의해 누대에 걸쳐 살아왔던 터전에서 내쫓겨야 했던 인디언의 가혹한 운명처럼 잡풀들도 자신들이 살아왔던 터전에서 뿌리째 뽑혀 내동댕이쳐지는 수난을 당하고 있는 것이다. 잡풀이 뽑힌 그 자리에 사람들은 꽃을 심는다.

꽃과 잡풀 간 가치와 의미의 서열은 누가 매겨 온 것인가? 이는 사물을 타자로 규정해 온 인간 중심의 사고가 가져온 횡포가 아닐 수 없다. 꽃모종에 바쁜 아낙들 중에는 오래전 산동네에서 원주민으로 살다가 이주민들에게 내쫓김을 당한 이도 있을지 모른다. 나는 까닭 없이 잡풀들에게 측은지심과 함께 죄의식을 느낀다. 그들에게 봄은 잿빛 죽음의 계절이다. 제노사이드란 인간 세상에만 존재하지 않는다.

# 5월에 쓰는 편지

햇살 어지러운 봄날
옛집 뜰에 핀 하얀 목련은 엄마가 부르는 노래이지요?
공활한 가을 하늘 펄럭이며 나는 저 기러기 엄마가 쓰는 필체이지요?

성하의 녹음은 엄마의 여전한 농업이시고
생전에 못다 운 눈물 저리 눈발로 분, 분, 분, 내려서는
층, 층, 층, 삼동의 들녘 캄캄하게 채우고 있는 거지요?
꽃에게서 나는 엄마의 음성을 듣고 새에게서 나는 엄마의 안부를 읽어요

—졸시, 「엄마에게 쓰는 편지」 부분

내가 일곱 살 되던 해 여름이었다. 밭농사를 짓다가 이른 저녁에 집으로 돌아오신 엄니는 뒤곁에 설치한 가마솥에 보리쌀을 안쳐 밥을 짓다가, 해종일 저수지에서 미역을 감고 막 사립으로 들어서는 나를, 활짝 열어 놓은 부엌문 새로 보고는 손짓으로 불러들였다.

니도 명년에는 입학해야니께 이름자 정도는 익혀야 할 게 아녀? 뭘, 벌써 골치 아프게 글자를 익히남요? 핵교 가면 선생님께서 어련히 알아 가르쳐 주실 텐디유. 아녀, 그게 아니란 말이여, 미리 배워 나쁠 게 없으니께 하는 소리여, 거기 솥 옆에 있는 부지깽이를 집거라. 그게 니 연필이다. 오늘부터는 임시로다가 엄니가, 니 선상님이니 그런 줄 알거라.

아궁이 밖으로는 연신 불의 혀가 빠져나와 솥의 아랫도리를 핥아 대고 있었고, 뒷산에서 흘러 내려오는 어둠은 졸졸졸 시나브로 마당으로 고이고 있었다. 아궁이에서 새어 나오는 화염이 밀려드는 어둠을 가까스로 밀어내는 곳에 생기는 문짝 크기의 토지土紙에 부지깽이를 움켜쥔 엄니가 삐뚤빼뚤 내 이름자를 써 내려가기 시작했다. 나는 엄니가 시키는 대로 부지깽이 연필을 들고 그 글씨들을 흉내 내고 있었다. 얼마나 시간이 흘렀는지 모른다.

아궁이에서 흘러나오는 불빛도 시들어 가고 그사이 무성하게 번진 어둠이 집 안 구석구석에 빼곡하게 들어차 있었다. 농사일을 마치고 돌아오는 식구들의 두런대는 소리가 들려오기 시작했다. 엄니와 나는 무슨 모의라도 꾀한 사람들처럼 의미심장한 웃음을 주고받은 뒤 하던 공부를 작파했다. 그날 이후 노천 학교에서의 수업이 계속 진행됐다. 이렇게 해서 나는 엄니를 통해 생애 처음으로 문자를 만날 수 있게 됐다. 엄니는 당시 비록 농사꾼 아내로 살고 있을망정 동네의 여타 아낙들과는 달리 중학교 문턱까지 밟은 이력의 소유자로서 나름 문자 해독에 밝은 편이었다.

내가 오늘날 문단의 말석이나마 차지하고 앉아 변변찮은 말과 글일망정 이것을 수단으로 호구를 연명해 가는 것도 따지고 보면 일찍이 엄니가 베푼 이런 음우의 덕이 아니고 무엇이랴. 하지만 애석하게도 엄니는 당신의 장남이 시인 된 줄도 모르고 너무 이른 나이(48세)에 하늘나라의 부름을 받고 내 곁을 떠나셨다.

나는 가끔 엉뚱한 공상에 젖곤 한다. 만약 엄니가 지금껏 살아 계신다면 내 글의 가장 강력한 애독자와 후원자가 됐을 것이고 목소리에 과장과 호들갑을 실어 동네방네 아들 자랑에 열을 올렸을 것이다. 또한 엄니는 내 글감의 화수분이 돼 무궁무진 글쓰기에 동력을 베풀었을 것이다. 그러나 세상일은 우리 의지와 상관없이 전개되고 사람 운명이 또한 그러하다. 나는 다만 부재와 결핍과 추억의 대상으로서 엄니를 떠올려 시난고난 근근하게 생을 짓고 있을 따름이다.

하지만 달리 생각해서 '만물은 순환한다'는 동양의 진리, 들뢰즈의 '차이를 통한 반복', 니체의 '영원회귀 사상'을 빌려 말한다면 내가 엄니와 함께했던 시절은 과거완료형의 시간 개념이 아닌 현재에도 여전히 작동되는 현재진행형의 그 무엇이라 말할 수 있을 것이다. 나는 엄니라는 근원에서 새로운 삶의 가치를 창조해 내고 있기 때문이다. 그러니까 장자가 말한 '천균天均'의 이치처럼 엄니의 생과 나의 생은 뫼비우스 띠가 돼 처음과 끝이 맞물린 채 거듭 순환하는 삶을 살아가고 있는 것인지도 모른다.

# 제3부

## 아낌없이 베푸는 나무

외로운 생각만이 드는 때쯤 해서는,

더러 나줏손에 쌀랑쌀랑 싸락눈이 와서 문창을 치기도 하는 때도 있는데,

나는 이런 저녁에는 화로를 더욱 다가 끼며, 무릎을 꿇어 보며,

어느 먼 산 뒷옆에 바우 섶에 따로 외로이 서서,

어두워 오는데 하이야니 눈을 맞을, 그 마른 잎새에는,

쌀랑쌀랑 소리도 나며 눈을 맞을,

그 드물다는 굳고 정한 갈매나무라는 나무를 생각하는 것이었다

—백석, 「남신의주 유동 박시봉방」 부분

백석이 1940년부터 광복이 될 때까지 창춘과 만주 지역을 전전할 때 곤궁한 생활 속에서 '갈매나무'를 의지의 표상으로 떠올렸듯 내게도 살아가면서 힘들고 지칠 때마다 떠올려 힘을 얻는 나무가 있다. 마을의 가장 오래된 터줏대감으로 자리했던 '팽나무'는 오래전 숨을 다해 이제 자취를 찾아볼 수 없게 됐지만 망각을 재촉하는

잔혹한 시간의 홍수에도 휩쓸려 떠내려가지 않고 마음의 터에 굳건히 뿌리 내린 채 여전히 우람한 풍채로 살아가고 있다.

수령을 알 수 없었던 그 나무는 내가 태어나기 전부터 동네 우물곁에 거처를 마련해 놓고 해마다 20여 평의 그늘 농사를 지었다. 여름날 초저녁 나무 아래 놓인 평상은 엄니와 할머니들 차지였다. 저녁밥 달게 드신 그네들은 화수분처럼 무궁무진하게 이야기꽃을 피워 댔는데 슬하에 누워 듣는 맛이 제법 달콤하고, 쓸쓸하고, 쾌활하고, 슬펐다.

좀 더 자라서는 하오의 그늘 안에서 하모니카를 불었고, 생애 최초로 가슴에 두근두근, 까닭 모를 감정을 심어 줬던 이웃 마을 숙이가 나타나기를 기다렸다. 일렁이는 그늘 속으로 여름날의 아이스께끼 장수가 다녀갔고, 달포에 한 번쯤 들르는 방물장수가 다녀갔고, 농사일에 지쳐 부어오른 두꺼운 발등들이 다녀갔다. 뿐인가, 나무의 그늘은 더러 사랑방이 돼 주기도 했는데, 마을에 큰일이 생기면 심각한 표정들은 품 안으로 모여들어 주름으로 골짜기 파인 이마들을 맞대고 의논을 하기도 했다.

나무는 봄이면 새 가지에 피운 잎과 꽃으로 오가는 이들의 눈을 맑게 씻어 줬고 가을에는 단것에 주린 아이들에게 주전부리로 달콤한 맛을 품은 등황색의 열매를 베풀었다. 나무가 베푼 것은 이뿐만이 아니었다. 그곳은 악동들 성교육 현장이기도 했는데, 한여름 밤 과년한 마을 처녀들이 환한 달빛 조명 아래 우물에서 등목하는 것을, 나무 뒤에 숨어, 사정없이 물어뜯는 각다귀들과 싸우며 몰래 훔쳐보면서 성에 눈을 떠 가기도 했다.

그렇게 피붙이처럼 한시도 떨어질 새 없이 끼고 살았던 나무가 내 기억으로부터 시나브로 멀어지게 된 것은 중학교를 졸업하고 대처로 유학을 떠나고 나서부터였다. 또, 상경파로 서울에서의 새로운 풍속을 익히고 따르느라 나무를 그리워할 새가 없었던 것이다. 집안에 대소사가 있거나 명절을 맞아 내려갈 때에나 나무를 만나는 생활이 지속됐다. 나무는 한결같은 모습으로 나를 대했다. 생활에 지쳐 한쪽으로 기운 등과 어깨를 두드리며 괜찮다, 아직은 괜찮다, 위로와 격려를 아끼지 않았다. 그러다가 어느 해 갑자기 찾아든 병고를 이기지 못한 어머니가 돌아가시고, 연이어 동생이 교통사고로 죽고, 상심한 아버지가 때 이르게 생을 마감한 뒤로는 의무로나 챙기던 고향도 더는 찾지 않게 됐다.

스무 해 만에 친척 문상을 갔다가 나는 깜짝 놀랐다. 아름드리나무가 볼품없이 삐쩍 말라 몸피가 형편없이 줄어들었을 뿐 아니라 누가 뭉텅 파내 간 것처럼 줄기 한가운데를 텅 비워 버린 탓이었다. 오랫동안 몹시 심하게 앓았던 모양이었다. 피골상접한 나무를 보자니 까닭 없이 눈물이 핑 돌았다. 수년을 더 버티다가 나무는 화火 수水 지地 풍風으로 돌아갔다. 나는 임종을 지켜보지 못했다. 나무가 죽자 우물도 생기를 잃더니 바닥을 드러내고 말았다. 그날 이후 나무는 거주지를 내 마음으로 이전해 살게 됐다.

## 단골 이야기

골목에서 골목으로
거기 조그만 주막집
할머니 한 잔 더 주세요
저녁 어스름은 가난한 시인의 보람인 것을……

—천상병, 「주막에서」 부분



1980년대와 90년대 초에는 문화 예술인들이 즐겨 찾던 단골집들이 있었다. 그 가운데 내게는 서울 파고다 공원(현 탑골공원) 옆 낙원동에 위치한 '탑골', 인사동 수도약국 뒤편에 자리한 '평화 만들기', 합정동 뒷골목의 선술집 '모모' 등이 떠오른다. 하지만 이들 명소는 폐업한 지 오래됐고, 지금은 인사동 한정식집인 '지리산' 가는 길목에 수줍게 숨어 있는 카페 '소담'만이 근근이 그 명맥을 유지해 가고 있을 뿐이다.

국경일과 명절을 제외하고는 항시 글 쓰는 동업자들로 성시를 이뤘던 단골집에서 모주꾼들은 집을 잃은 고아 혹은 가출한 소년들처럼 밤늦도록 우정과 욕망이 뒤

섞인 시간을 마시고 나눴다. 또 새로운 사람을 소개받아 연을 맺기도 하고, 출판을 위시해 여러 거래가 이뤄지기도 했다. 상처 입은 동물들의 처소인 동굴처럼 그곳은 나날의 현실에서 패배한 자들이 찾아가 위로와 격려를 주고받던, 또 하나의 아늑한 집이자 은신처였다.

단골 술집은 '기하학의 범주에 속하는 추상적 의미로서의 공간보다는 인간 신체와의 관련성 속에서 개인들이 부여하는, 구체적 일상의 호흡과 숨결이 느껴지는 가치들의 장소'(장정일)에 가깝다. 장소로서의 술집은 공간에서처럼 시간이 흘러서 확산되지 않고 모여서 정지돼 고이는 곳이다. 요컨대 장소에서는 경험과 추억이 교류하며 적층되는 것이다.

단골 술집에 가면 누군가는 노래를 부르고 누군가는 춤을 추고 누군가는 술잔을 비웠다. 그곳에서는 누구나 일상에서 입고 지냈던 거추장스러운 어른을 벗고 천진과 무구의 어린이로 돌아가 허물없는 관계에 돌입했다. 아, 지금은 이 세상에 없는, 마음속에나 자리하고 있는 그 흐린 불빛의 옥호들! 팬데믹 장기화로 지인들과 만남조차 어렵게 된 요즈음 문득문득 그날의 단골집들이 눈에 삼삼하게 떠오르곤 한다.

열혈 청년 시절 내가 즐겨 찾던 단골집은 파고다공원 뒤편 골목에 있었던 '탑골'이라는 술집이었다. 그곳엔 주로 주머니가 허전한 시인, 작가, 화가들이 드나들었다. 저녁 시간이 지나 아무 때나 들르면 아는 얼굴들이 한둘쯤은 있어 굳이 약속을 잡지 않아도 술판을 벌일 수가 있었다. 흥이 나면 노래도 부르고 더러는 사소한 언쟁이 번져 주먹다짐이 벌어지기도 했다. 군사정권의 질식할 것 같은 분위기 속에서 그곳은 우리의 해방구나 다름없었다.

당시 나는 시골에서 적수공권으로 올라온 상경파 중의 하나로 사고무친인 서울이 막막하고 두려워 아늑한 쉼터가 필요했다. 또한 이십 대 후반의 달아오른 피를 식힐 곳이 필요했는데 '탑골'만 한 곳이 없었다. 민족문학작가회의(현 한국작가회의) 상임 간사를 거쳐 마포구 아현동에 위치한 출판사 '청사'에서 편집장으로 재직 중이었던 나는 퇴근하기 무섭게 예의 아지트로 달려가 동업자들과 어울려 통음하다가 자정 무렵 자취방으로 퇴근하거나 더러는 술집 소파에 구겨진 신문처럼 엎어져 잠이 들었다가 아예 그곳에서 출근하는 때도 있었다. 주인은 내 또래 여인이었는데 우리에게는 친누나 혹은 이모 같은 존재였다. 그 술집은 매상을 그런대로 올렸으나 가난한 예술가들의 외상값 때문에 견디지 못하고 수년을 버티다가 결국 문을 닫았다. 그러다가 충북 청주로 거처를 옮긴 주인이 자신을 파산시킨 예술가들이 그리워 다시 올라와 개업했으나 같은 이유로 다시 문을 닫고 말았다.

술이 고파 오면, 가난하고 고단했으나 더없이 아름다웠던 우리들 한때의 몽마르트르였던 그곳, 토굴같이 음습했으나 사람의 온기로 따뜻했던 술집이 눈에 선하게 떠오른다. 이제는 시대의 뒷방 신세로 전락한 그날의 우정들이여, 옥체 보전하시기 바란다.

## 유년의 여름 이야기 셋

여름은 소란이 번성하는 계절
새들의 산부인과 병동인 야산에 새 새끼들
울음소리 질펀하고 무논에서 둑으로
무리 지어 튀어나오는 개구리 울음소리며
타작마당 콩알들처럼 여기저기
가지에서 쏟아지는 매미들 떼창에 귀가 먹먹하다
…(중략)…
큰비 내려 계곡과 냇가에 갑자기 불어난 물이
변성기 소년의 성대처럼 괄괄 소리 내어 흐르는데
비 갠 하늘에 나타난 비행기가
폭음을 내려놓고 사라진다

—졸시, 「즐거운 소란」 부분

어린 시절 방학이면 입 하나라도 덜려는 속셈으로 친척 집을 며칠간이라도 다녀왔다. 나는 집을 떠나 상거 이십 리 읍내(강경)에 소재한 큰고모 집에서 열흘 남짓을 보내곤 하였는데 더디게 가는 시간이 징역을 사는 일처럼 길고 지루하기만 했다. 큰고모와 고모부는 떡방아집과 기름집과 솜틀집을 겸하여 경영하느라 늘 바쁘게 지냈고, 나보다 십 년 연상인 고종사촌 형은 아침부터 어디를 싸돌아다니는지 코빼기도 볼 수가 없었다. 하릴없이 나는 집 앞, 유서 깊은 '성심약국' 근방을 배회하거나 빈방을 뒹굴면서 시간과 대결하며 악전고투했다. 한번은 용기를 내어 낯선 미로를 돌다가 우연히 모퉁이 국숫집에서 소면을 말리는 장면을 만났다. 폭포처럼 쏟아지는 햇볕을 쬐며 말라 가는 면발들이 신기해서 한참을 넋 놓고 봤다. 내 정신도 국숫발처럼 하얗게 표백되는 느낌이었다. 이러구러 형기를 마친 죄수가 되어 집으로 돌아왔지만 아무도 반기는 이가 없었다. 지금은 두 분 다 강을 건너가시고 솜틀집도 약국도 없어졌지만 그 시절 고무처럼 질긴 권태의 영상은 흐릿하게나마 머릿속에 흑백의 풍경으로 남아 있다.

집 앞 우물곁에는 수령을 알 수 없는 팽나무가 스무 평 남짓 그늘 농사를 짓고 있었다. 그늘 속으로 방물장수며 '아이스께끼' 장수가 들어와 부은 발등과 투덜대는 무릎을 달래다 갔다. 아이스께끼 장수는 가끔 우리 꼬맹이들을 불러 모아서 위험한 제안을 했다. 빈 병이나 고무신을 가져오면 아이스께끼를 준다는 거였다. 그 말이 떨어지기 무섭게 혀 안에 단팥 섞인 얼음의 달짝지근한 맛이 한가득 고여 참기가 어려웠다. 나는 유혹을 이기지 못하고 집으로 달려가 눈에 불을 켠 채 집 안 구석구석을 뒤졌지만 흔하던 빈 병 하나가 없었다. 한참을 헛심을 쏟고 난 뒤 뒤꼍을 돌아 나오는데 뜰방에 바닥을 보인 채 널브러진 아버지의 검정 고무신이 불쑥 눈에 들어왔다. 아버지는 서까래가 들썩이도록 코를 골며 오수에 빠져 있었다. 아무 생각 없이 고무신을 들고 나가 아이스께끼와 바꿔 먹었다. 아이스께끼 장수가 마을 초입을 빠져나가기도 전에 얼음과자가 녹고 손에는 딸랑 막대기만 남아 있었다. 눈앞이 깜깜했다. 저녁도 거른 채 동네를 쏘다니다 어둠을 틈타 몰래 사랑방으로 잠입하니 나 대신 종아리를 맞은 연년생 동생이 울음 자국이 남은 얼룩덜룩한 얼굴로 새근새근 잠들어 있었다.

여름의 저수지는 노천 학교였다. 아침 숟가락 내려놓기 바쁘게 악동들은 저수지로 등교했다. 노는 일이 공부라 미역을 감고, 물싸움을 벌이고, 소쿠리에 된장 주머니를 달아 민물새우를 잡았다. 서리해 온 것들로 요기를 하고, 물 위에 누워(송장헤엄) 하늘이 방목하는 구름을 실눈에 담고 몽롱에 취했다. 바닥이 궁금하여 물속에 물구나무를 섰다가 불쑥, 농약 마시고 죽은 당숙의 얼굴이 떠올라 소스라치기도 했다. 젖어 파래진 몸을, 햇빛에 달구어진 너럭바위에 널면 새들이 물똥을 갈겼다. 검푸른 담뱃잎을 지게 가득 쌓아 어깨가 움푹 패도록 지고 오는 아버지가 저수지 갓길에 불쑥 나타나면 눈에 띌세라 잽싸게 물속으로 몸을 숨겼다. 전신의 물기를 털어 내며 둑 아래 가축처럼 쓸쓸한 마을을 바라볼 때 고요가 지글지글 끓고 버스가 뽀얗게 먼지를 일으키며 경사진 신작로를 끌며 가고 있었다. 슬금슬금 내려오던 산그늘이 저수지를 완전히 덮고 나서야 하교를 서둘렀다. 추억은 더위를 먹지 않는다.

## 인간의 진자 운동

"내가 참을 수 없는 건, 어떤 사람이 마돈나의 이상에서 시작해 소돔의 이상으로 끝나고 만다는 거야. 더욱 무서운 건 이미 영혼 속에 소돔의 이상을 품고 있는 인간이 마돈나의 이상을 부정하지 않고, 그 이상 때문에 가슴을 불태운다는 거지." "마돈나의 이상을 가진 사람이 소돔의 이상으로 끝을 맺고 소돔의 이상을 가진 사람이 마돈나의 이상을 불태운다는 사실이 끔찍하다." 도스토옙스키의 『카라마조프가의 형제들』에 나오는 정념에 사로잡힌 맏아들 '드미트리'의 절규다.

열 살, 스무 살, 서른 살의 나를 떠올려 본다. 마흔 살, 쉰 살, 예순 살, 여생의 나를 떠올려 본다. 어느 세월의 굽이에서 나는 마돈나의 이상을 버리고 소돔의 이상으로 몸과 마음이 바뀌었을까? 부모, 형제, 친인척, 이웃, 친구, 선후배, 스승, 연인, 해, 달, 별, 물, 불, 공기, 흙, 구름, 바람, 나무, 산, 강, 바다, 언덕, 길, 꽃, 풀, 벌레, 밥, 술, 옷, 학교, 직장, 여관, 노래방, 영화, 핸드폰, 기차, 전동차, 기차, 외국……. 우주 안의 편재하는 것들과의 관계가 나를 만들어 왔다. 삶의 종착에 이르는 날, 내 삶과 생의 추는 진자 속 마돈나와 소돔 사이 어디에서 멈춰 있을 것인가?

『이완용 평전』(김윤희 저, 한겨레출판, 2011)을 읽은 적이 있다. 명문 반가에 양자로 들어가서 스물다섯에 과거에 급제한 이완용의 관직 생활부터 을미사변이 벌어졌을 때 아관파천을 감행하여 성공시킨 이야기와 을사조약 체결 즈음부터 조약 체결에 나선 을사오적과 함께 매국노로 호명된 이야기 등등의 모습을 생생하게 그린 이 책을 읽으면서 나는 사람의 평생이 시대 환경에 의해 어떻게 굴절되는가를 이해할 수 있었다.



우리가 일반적으로 아는 것처럼 그는 처음부터 매국노가 아니었다. 그 당시에 그는 절체절명의 위기에 빠진 국가적 현실을 바꾸기보다는 상황에 민첩하게 적응하는 합리성과 실용성을 갖춘 관료였다. 기울어 가는 국운을 살리기 위해 조선을 둘러싼 원근의 강대국을 오가는 곡예 정치를 계속하다가 최종적으로 친일의 길을 걷게 되었다. 요컨대 그의 친일 행위의 배경에는 나라의 운명보다는 자신의 가문과 그를 총애하는 고종에 대한 충성심이 자리하고 있었던 것이다. 하지만 친일에 들어선 이후에는 전혀 동요하는 모습 없이 오로지 일본 천황을 위해 그의 수족이 돼 일로매진하게 된다.

매국의 길을 걸었던 이완용에게서 우리 시대의 민낯을 보는 일은 괴롭고 씁쓸하다. 부조리한 현실에 분노할 줄 모르는, 그것을 극복하려는 의지가 없는 지식인들의 모습에서 또 다른 오늘날의 이완용을 보게 되는 것이다. 어느 지식인이든 처음부터 곡학아세와 견강부회를 자처하는 경우는 드물다. 하지만 불가피한 계기를 통해 그들은 사적 이익에 매몰되게 되고 훼절 분자가 된다. 요컨대 처음에는 마돈나로 생을 영위했으나 소돔으로 인생을 결과 짓는 존재가 되는 것이다.

어느 시대에나 지식인들의 역할은 중요하다. 대중에게 미치는 영향력이 결코 적지 않기 때문이다. 하지만 우리는 역사 속에서 반면교사로서의 교훈을 배우고 익히면서도 이를 현실에 적용하는 데는 매우 인색한 것 같다. 일본의 저명한 비평가 가라타니 고진은 저서 『일본 근대문학의 기원』에서 메이지유신 시대의 작가들이 바깥 현실(당시 일본이 처해 있던 내외적 상황)보다 주체 내면의 기억과 정서와 경험 등으로 일본 홋카이도 풍경을 언어화했기 때문에 원주민들이 당면해 있던 가혹한 현실을 보지 못했거나 왜곡시켰다고 하면서 결과적으로 이러한 작가들의 현실에 대한 방임으로서의 미적 표현 행위가 의도와 상관없이 일본 제국주의에 힘을 실어 줬다고 말한다. 지식인들의 언행이 비난의 도마 위에 오르고 있다. 지성의 참된 역할은 과연 무엇일까를 성찰해 본다.

## 김수영에 대한 불편한 진실

김수영은 1960년대를 대표하는 시인이다. 백석 시인과 더불어 그가 후배 시인들에게 끼친 영향력은 결코 작지 않다. 그럼에도 나는 그를 신화화하는 것에 반대한다. 발터 벤야민의 발언처럼 신화화란 위험하기 때문이다. 유종호 비평가의 진술에 의하면 김수영이 60년대 난해시를 쓰던 시인 중 유일하게 살아남을 수 있었던 것은 그가 쓴 쉬운 시편들의 성공 때문이었다. 위험을 무릅쓰고 말한다면 그의 난해시편 중에는 기대 이하의 것들도 있다. 따라서 감히 말하건대 주체적 독자들은 그의 소통 불능 시편들에 대해 전혀 주눅 들 필요가 없다. 난해함은 미숙이지 심오함이 아니다.

한국 지식인들의 비겁한 점 중 하나는 낯선 것, 난해한 것에 대해 무조건적으로 경외하는 태도다. 이런 이유에는 일찍이 임화가 언급한 이식문화론 탓도 있을 것이다. 김수영은 소시민적 한계에도 불구하고 글을 무기로 불의한 시대에 맞서 혼신을 다해 싸워 온, 우리 시문학사에서 보기 드문 시인이었다. 이 점을 높이 산 이들

중 대개는 칭송하고 떠받들 줄만 알았지 글과 생활 속에서 올곧게 살지는 않았다. 그런데 실천은 유보한 채 책상에 앉아 인유하고 주석 달면서 과잉 해석을 일삼는 것이 과연 온당한 태도일까.

이용자들의 과도한 욕망 때문에 김수영 시편들은 지쳐 있고 피곤하다. 김수영이 한 시대가 낳은 탁발한 시인임에는 틀림없지만 그를 우상 숭배하는 풍조에는 선뜻 동조하기 힘들다. 그리고 내 소견으로는 그가 남긴 시편 중 서른 편 내외가 울림 큰 것으로 인정될 뿐 나머지는 적정 수준에 못 미치는 것들로 여겨진다. 그는 시보다는 산문에서 능력껏 재능을 발휘한 시인이었다. 그의 시대에 대한 날카로운 태도와 벼린 시정신은 보통 인간의 접근을 불허할 정도로 높고 예리하다. 하지만 그것만으로 그가 시의 신神이라도 되는 양 추앙받아 마땅한 것일까. 그는 생전에 자신만의 독자적 세계를 창조해 왔으며 일체의 우상을 거부하면서 스스로 아웃사이더를 자처하지 아니했던가. 따라서 우상화하는 것은 그의 이러한 삶과 뜻을 거스르는 일이 아닐까.

우리에게는 부끄럽게도 오래전부터 우상을 숭배하는 집단 최면이 존재해 왔다. 이런 증세는 지식인 사회에서 더욱 심하다. 나는 김수영을 과도하게 숭배하는 현상이 불편하다. 냉정해질 필요가 있다. 그 대상이 누구이든 간에 신화화란 경계와 주의가 요구되기 때문이다. 평자들은 부지불식간 김수영 시편들을 자기주장의 합리화를 위한 수단과 도구로 삼아온 것은 아닐까. 지식인들은 자기 이해를 넘어서는 영역과 분야에 대해 과도하게 열등의식을 지니는 경향이 있다. 일제강점기에서 비롯한 지적 식민지성을 여전히 벗어나지 못하고 있기 때문이다. 이것이 새것 콤플렉스로 이어지고 극단으로 치달아 언어 불통의 실험으로 결과되고 있는 것이다.

나는 김수영을 시보다는 다른 이유로 좋아해 왔는데 첫째 그는 자기 자신에 대해 누구보다 정직했으며 자기 반성에 철저했다는 점이다. 둘째 그는 자본주의 체제하의 시인답게 돈을 중요시한 시인이었다. 당시의 누구들처럼 돈에 대해 허세를 부리거나 가면을 쓰지 않았다. 아마도 이것은 상인 집안이었던 그의 가계사와도 연관이 있을 것이다.

우리는 어떤 인물이나 작품에 대한 가치판단을 풍문에 의존하는 경우(니체식으로 말하면 '노예 의식')가 많다. 이런 면에서 한국의 일부 독자는 비굴한 면이 없지 않다.

자기 줏대나 견해가 없는 것이다. 작심하고 말하고 싶은 내용이 있는데 그것은 독자들이 시를 읽지 않고 시인을 읽는 경향이 있다는 것이다. 예술가는 죽을 때까지 현역이어야 한다. 초심을 잃는 순간 타락한다. 진실은 불편하다.

## 생의 원근법에 대하여

신체 리듬이 뒤죽박죽이다. 늦도록 잠을 이루지 못할 때가 많다. 전전반측하며 이 생각 저 생각으로 꼬박 날을 새기도 한다. 그런 날은 불면 속으로 뜬금없이 수십 년 전의 푸른 추억이 찾아와 기록에의 충동을 부채질한다.

대학 2학년 때 한 여학생을 좋아했다. 일방적이었다. 그녀는 친구 이상의 선을 넘지 않으려 했다. 조바심이 났지만 애정 전선에서는 항용 그렇듯 좋아하는 쪽이 늘 약자일 수밖에 없다. 감언이설로 그해 봄, 그녀 생일에 즈음해 함께 내장산에 놀러 가기로 했다. 자랑삼아 승전보를 전하자 친구들은 이구동성으로 말하기를 무조건 막차를 놓쳐라, 그렇지 않으면 관계가 지속하기 어려울 거라고 조언했다. 녀석들의 애정 어린 충고를 사랑의 교리인 양 철석같이 믿고 서울행 막차 시간표를 몰래 알아 두었다. 하지만 계획은 실패로 돌아갔다. 갖은 꾀를 부려 막차를 놓치기까진 했는데 아뿔싸, 내가 놓친 기차는 비둘기, 통일호, 무궁화호 같은 보통열차였지 값

비싼 새마을호 특별열차가 아니었다.

당시 내 처지나 형편에서 새마을호란 고관대작들이나 타는 기차였으므로 당연지사 내가 생각하는 기차 범주에는 들지 않는 것이어서 마지막 보통열차 시간표만 기억해 두었던 것이었는데 그것이 패착이었다. 보통열차 다음으로 새마을호가 있었던 것이다. 도회 출신인 그녀는 나와는 다르게 새마을호 막차 시간을 미리 셈해 두었던 모양이다. 짐짓 표정을 꾸며 기차를 놓쳐 큰일 났다고 당황해하는 내게 그녀는 입꼬리에 미소를 매단 채 끊어 온 두 장의 기차표 중 하나를 내밀었다. 아, 그때의 낭패감이란, 그렇게 해서 친구들의 예상대로 나의 철부지 사랑은 그 여행을 끝으로 질 나쁜 연탄처럼 제대로 피어 보지도 못한 채 흐지부지 끝이 나고 말았다.

내가 정작 하고 싶은 말은 연애담이 아니다. 그날 산 초입에 막 몸을 들이밀자 가장 먼저 우리를 반긴 것은 진달래꽃이었다. 일정한 거리에서 보는 진달래꽃은 선홍빛으로 눈부시게 아름다웠다. 동네 야산의 진달래꽃과는 확연히 달라 보였다. 마음에 담고 있는 여인과 함께 보는 꽃이라서 더 그랬는지 모른다. 그런데 그렇게 환하게 불타오르던 꽃불을 가까이 가서 보니 주변으로 개똥 천지였다. 그러니까 진달래꽃의 찬란함은 개똥들이 피워 내고 있었다. 누가 먼저랄 것도 없이 서둘러 지나쳐 버렸다.

시작과 함께 끝나 버린 그녀와의 별리 후 군의 부름을 받았다. 근무지는 드라마 《모래시계》 덕분에 명소가 된 강원 강릉 정동진역 근방 해안 부대였다. 바다와 가장 가까운 역. 말에 과장을 실어 표현하면 파도가 기차의 지붕을 타고 넘어와 반대쪽 창문에서 깔깔대는 곳. 어쭙잖은 말의 수사에 갇히길 거부하는 7번 국도 주변의 빼어난 풍경. 내륙 출신인 내게 처음 보는 바다는 황홀 그 자체였으나 시간이 지나면서 이내 단조롭고 지루한 풍경으로 바뀌었다. 뒤로는 우뚝 솟은 대관령이 내륙으로 통하는 길을 가로막았고 앞으로는 망망대해가 탈주에의 욕망을 꺾던 협지에서 유형수처럼 보내야 했다.

봄에도 좀체 녹지 않던 대관령 팔부 능선에 쌓인 흰 눈의 백지에 그리움을 촘촘하게 바느질하고, 한 장의 푸른 도화지로 펼쳐진 바다에 온몸을 붓 삼아 기다림을 일필휘지하며 길고 막막한 야간 근무를 버텨 내고 있었다. 넘실대는 파랑에 상상을 보태는 일만이 위안 거리였다. 야간 근무 시에 바라보던 수평선에 잇대어 선 오징어잡

이 선박들을 수놓던 칸델라 불빛은 무리 지어 핀 꽃떨기였다. 하지만 밤을 수놓던 야화들이 지고 명일 낮 포구로 들어오는 선박들에서는 비린내, 땀내가 진동했다. 추억의 페이지를 장식한 이 두 가지 체험은 내게 세상과 주체 간 심리적 거리를 가늠하는 계기를 가져다주었다.

## 손자 같은 조카의 돌찬지

고향에 사는 손아래 누이에게서 손전화가 걸려 왔다. 부산의 막냇동생 부부가 낳은 조카 돌잔치를 자기 집에서 치르면 어떻겠냐고 물어 왔다. 코로나 상황이 가라앉기는커녕 갈수록 기승을 부려 꺼려지는 마음이 없지 않았으나 그간 장남으로서의 책임과 의무의 불이행에 따른 자격지심이 발동해 쾌히 승낙했다. 긴급 재난 상황만 아니라면 성대하게 조카 돌잔치를 치르고 싶은 심정이 간절했지만 어수선한 시국인지라 약소하게나마 식구들이 모여 동생 내외와 조카에게 진심 어린 축하와 격려를 하는 자리를 갖기로 했다.

마흔 후반에 시험관 시술로 얻은 피붙이이니만큼 얼마나 동생 내외의 감회가 남다를 것인가. 전화를 끊고 나니 지난날 우리 가족이 보내 온 삶의 궤적들이 홍수처럼 밀려왔다. 떠올리는 것만으로도 입 안 가득 쓴 물이 고여 오는 파란만장한 파노라마의 흑백 영상들.

동생이 초등학교 4학년 때 엄니가 돌아가셨다. 아버

지는 몇 년 후 새엄니를 들이셨지만 서로 간 생활의 간이 맞지 않아 1년도 해로하지 못하고 갈라서게 됐다. 동생은 엄니 없는 세월을 무척 힘들어했다. 초등학교 졸업식에는 엄니 대신 장남인 내가 나가 교문 앞에서 사진을 찍는 것으로 축하를 대신했다. 장성한 형제와 누이들은 그럴듯한 명분과 핑계를 만들어 집을 떠나 살았고 막내만이 엄니 돌아가신 후 술을 끼고 사셨던 아버지와 함께 지내야 했다. 그렇게 막내가 중·고교를 졸업하는 동안 결혼을 앞둔 연년생 동생이 교통사고로 죽게 됐다. 아슬아슬 버티던 아버지는 그날 이후 장맛비 만난 오래된 축대처럼 시나브로 무너져 가다 결국 3년이 못 돼 쓰러지셨다.



식구들은 전국으로 흩어져 살게 됐다. 제 몫의 가난을 지고 헉헉대며 사느라 누구도 막내를 챙기지 못했다. 고아가 된 막내는 저 혼자서 지하 터널 같은 삶을 감내해야 했다. 혼자서 호구를 마련하고 틈을 내 방통대를 나오고 사기업에 취직해 근근이 살림 밑천을 마련했으나 형편이 어려워진 사장에게 차용증도 없이 돈을 빌려주고 난 뒤 부도가 나는 바람에 졸지에 알거지가 되고 말았다. 하지만 나는 그런 막내의 사정을 알면서도 내 코가 석 자라 전혀 도움을 줄 수 없었다.

시간이 흘러 마흔을 훌쩍 넘긴 나이에 장가를 가겠다고 막내가 찾아왔다. 결혼식장은 그가 직장으로 있던 강서구 소재 교회였다. 그때는 나도 간신히 한숨을 돌리고 있는 터라 약간의 도움을 줄 수 있었다. 축하객이 무려 400명 가까이 몰려들었다. 대개가 동생이 적을 둔 교회 교인들이었다. 잘 살아왔구나, 동생이 새삼 대견하게 느껴졌다. 결혼식 도중 나는 바보처럼 청승맞게 하염없이 눈물을 흘리고 있었다. 엄니와 아버지에게 이제 걱정하시지 말라는 말을 속으로 거듭 되뇌면서…….

결혼을 하고 난 후 동생은 아이를 갖길 원했다. 그러나 만혼이었던 제수씨에게 아이가 쉽게 들어서지 않았다. 수년을 시험관 시술을 한 끝에 비로소 아이를 갖게 됐다. 제수씨에게 뭐라 말할 수 없는 고마운 마음이 들었다. 하나님, 고맙습니다. 아이가 아무 탈 없이 잘 자라게 보살펴 주세요. 나는 절로 기도하는 심정이 됐다. 내 나이 예순넷, 아직 손자가 없다. 조카 돌잔치가 손자의 일처럼 기쁘다. 마음이 설렌다. 조카야, 고맙다. 어려운 시국에 태어났지만 건강하게 잘 자라 다오!

## 누구나 밥 먹을 땐 고개 숙인다

> 날거나 걷거나 높거나 낮거나
> 살아 있는 모든 짐승은 먹이 앞에서는 고개를 숙여야 한다
> 음흉한 조물주가 한 가지만은 공평하게 만드신 것이다
> —문숙, 「중년」 부분



1885년(고종 22년) 동학의 2대 교주 최시형 선생께서는 설교에서 "천지만물이 모두 한울을 모시고 있다. 그러므로 이천식천以天食天은 우주의 상리常理"라고 했다. 사람들이 흔히 먹고 있는 음식도 한울의 일부이기 때문에 사람이 한울의 일부인 음식을 먹는 것은 바로 '한울로써 한울을 먹는 것'이 되는 셈이란 뜻이다. 밥이 하늘인 이유는 밥이 그만큼 생존에 필수적이라는 것과 함께 밥이란 하늘처럼 누구 혼자 독점할 수 없고 함께 나눠야 할 대상이란 의미를 지니고 있다.

우리는 살면서 '밥은 먹었느냐? 밥은 먹고 사느냐? 밥벌이는 하느냐? 언제 밥 한번 먹자' 등등의 인사말을 주고받는데 이때의 밥이란 사람 사는 정情이요 호상 간

소통을 뜻한다. 흔히들 의식주衣食住라 하지만 실제 생활에 있어선 의衣와 주住가 식食 앞에 설 수는 없다. 여북해야 '수염이 석 자라도 먹어야 산다'는 옛말이 전해오겠는가. 그렇다. 남녀노소, 신분 고하를 막론하고 누구나 밥을 먹을 때는 고개를 숙여야 하듯 밥보다 상전은 없기 때문이다. 이같이 밥이 지닌 의미가 거룩함에도 불구하고 세상은 밥을 둘러싼 온갖 추문이 끊이지 않고 있으니 밥 앞에서 까닭 없이 송구한 마음이 들 때가 없지 않다.

힘든 일을 마치고 밥을 먹을 때 불쑥, 절로 떠올려지는 시가 있다. "추운 겨울 어느 날/ 점심을 먹으러 식당에 들어갔다/ 사람들이 앉아/ 밥을 기다리고 있었다/ 밥이 나오자/ 누가 먼저랄 것 없이/ 밥뚜껑 위에 한결같이/ 공손히/ 손부터 올려놓았다"(고영민, 「공손한 손」 전문). 또 생일 등 특별한 날 밥상 앞에서, 동학에서 나오고 지금은 도농 비영리 생활협동조합 '한살림'의 캐치프레이즈이기도 한 '밥이 하늘이다'라는 말을 떠올리기도 하는데 이는 사람의 한평생이 '밥'과 연관돼 있다고 여겨지기 때문이다.

어느 날 저녁에 밥맛 좋기로 소문난 식당에서 밥이

나오기를 기다리는 동안 이러저러한 상념에 잠긴 적이 있다. 이 좋은 밥을 먹고 어떤 이는 사랑을 하러 가고, 어떤 이는 빚 독촉을 하러 가고, 어떤 이는 이별을 통보하러 가고, 어떤 이는 과외 하러 가고, 어떤 이는 주먹질하러 가고, 어떤 이는 대리운전 하러 가고, 어떤 이는 야간 경비 서러 가고, 어떤 이는 고향 가는 열차 타러 가고……. 어떤 이는 음미하듯 천천히 밥을 먹고, 어떤 이는 허겁지겁 쫓기듯 밥을 먹고, 또 어떤 이는 가축이 사료를 삼키듯 밥술을 뜬다……. 어느 날 식당에서는 더러 밥이 사람들을 먹기도 한다.

숟가락을 엎어 놓으면 그 형상이 무덤 같다. 생사의 거리가 이만큼 가깝고 멀다. 숟가락을 엎는 날 죽음이 마중 오리라. 밥사발을 엎어 놓으면 이것 역시 그 형상이 무덤을 닮아 있다. 죽음이란 밥사발을 엎어 놓는다는 뜻이리라. 사정이 이러하니 우리는 매 순간의 삶에 소홀함이 없어야 하리라. 한 사발의 밥이 얼마나 중한지 건강할 때는 잘 느끼지 못한다. 습관처럼 끼니때마다 삼시 세끼를 챙겨 먹고 사니 밥 먹는 일이 당연지사라고 여기기 쉽다. 그러다가 몸이 아파 눕게 돼 밥 한 끼를 먹는 일이 형벌같이 고통스러울 때에 이르러서야 밥이 귀한지를 절실하게 깨닫게 된다. 어쩌다 병문안을 가게 되면 얼른 누운 자리 박차고 일어나 김이 모락모락 피어오르는 밥 한 그릇 깨끗이 비우기를 소원하는 이들이 적잖은 것을 보게 된다.

'얼굴 반찬'이란 말이 있다. 왜 안 그렇겠는가. 다른 건 몰라도 밥만큼은 여럿이 둘러앉아 흥성흥성 즐기는 것이 제격이요, 제맛이다. 혼자 먹는 밥처럼 청승맞은 일도 없다. 예전의 밥상은 두레밥상이 많았다.

## 첫사랑

사랑은 그대를 입고 나를
사는 일인데
나는 그대를 입지 못하여
나를 살지 못하네

사랑하는 이여,
나를 입어 주소서
나를 입어 그대를
살아 주소서
그리하여 내가 그대를 살게
하소서
그대를 살며 나를 살게 하소서
매 순간 새로이 태어나
살게 하소서

—허향숙, 「사랑은 그대를 입고」 전문

하교 후 면 소재지에 위치한 전파상에 들러 전날에 아버지가 맡겨 놓은 라디오를 찾아오느라 귀갓길이 늦었다. 앞산을 삼켜 온 어둠이 점령군처럼 빠르게 마을의 지붕을 덮어 오고 있었다. 나는 배도 고파 오거니와 어둠이 깊어지기 전 집에 가야겠다는 생각으로 걸음을 재촉했다. 집은 강경 쪽으로 시오 리쯤 떨어져 있었다. 한 손에는 책가방을, 다른 한 손으로는 라디오를 든 채 갔던 길을 되짚어 오다가 학교 앞을 막 통과할 때였다. 기척이 있어 돌아보니 한 여학생이 교문을 급하게 빠져나오고 있었다. 남몰래 흠모해 왔던 소녀였다. 열여섯 살 내 가슴은 댐이 방류한 물살처럼 격하게 출렁거렸다.



그녀는 내가 그때까지 만나 왔던 그 어떤 이들보다 인물이 출중한 데다 모던한 품격을 지니고 있었다. 만년 우등생에, 조각상처럼 선이 뚜렷한 이목구비에, 잔돌 위를 구르는 물방울처럼 목소리가 청아했다. 그녀와 나는 상호 간 이웃한 마을에 살고 있었으므로 사는 형편을 대강은 알고 있었다. 여럿이 다니는 등하굣길에서 우연히 눈을 마주친 적은 있었지만 단둘이서 그것도 호젓한 밤길을 함께 걷기는 처음이었다. 어찌 마음이 설레지 않을 수 있었겠는가. 숨이 가빠 와 턱턱 막혀 왔다. 파스를 붙인 것처럼 살갗이 화끈거렸고, 불에 달군 번철처럼 얼굴이 달아올랐다.

저온의 날씨에도 등허리엔 땀이 내를 이루고 앞가슴엔 물 묻은 손으로 전선을 만졌을 때처럼 전류가 찌르르 흐르고 있었다. 마음의 처마 끝으로 쉴 새 없이 떨어지던 기대와 설렘의 물방울 소리! 생동하던 느낌을 나는 여태도 또렷이 기억하고 있다. 해마다 두어 켤레 운동화를 해지게 하며 불량하게 굴긴 했으나 된장 만난 풋고추처럼 익숙했던, 풀밭을 흘러가는 뱀의 전신처럼 완만하게 휘어진 그 길이, 타지에서 만난 길처럼 낯설어 보였다. 종아리에서 목덜미까지 소름 꽃이 피었다 지곤 하면서 살얼음 걷듯 나의 행보는 어렵고 조심스러웠다. 그녀를 힐끗 바라보았다. 그녀도 곁눈질로 마음의 화살을 쏘아 보내고 있었다. 그녀의 눈빛과 나의 눈빛이 한 순간 허공에서 얼크러졌다. 반짝! 섬광처럼 길을 밝히고 가뭇없이 사라지는, 수면에 미끄러지는 햇살처럼 하나이면서 둘인 눈빛. 그러나 빛의 길이는 애석하게도 너무 짧았다.

자신의 몸을 빠져나온 송아지를 핥는 어미 소의 혀처럼 부드러운 바람의 물결이 몸의 보리밭을 촉촉이 적셔 주었다. 문득 고개 들어 하늘을 바라보았다. 밤의 상점에 하나둘씩 별들이 켜지기 시작했다. 신작로엔 산에서 튀어나온 새 울음과 함께 두껍게 적막이 내려 쌓이고 있었다. 무슨 말이든지 속말을 털어놔야겠는데, 마음을 먹을수록 혀는 굳어져 갔고 가까스로 모아 놓은 생각은 수증기처럼 금세 휘발됐다. 근육이 긴장으로 빳빳해졌다.

그녀는 지금 무슨 생각을 하고 있을까? 혹 그녀도 무언가 고백하기 위해 안간힘을 쓰고 있는 건 아닐까? 눈길은 나도 모르게 그녀에게 쏠리고, 그러길 몇 번이었던가. 그녀의 눈길도 천천히 냇물을 거슬러 오르는 치어 떼의 지느러미처럼 어둠의 물살을 가르며 내게로 건너오고 있었다. 아, 숨이 막혔다. 그렇게 십 리 길을 걷고 있었다. 그러나 우린 끝내 한마디 말도 건네지 못하고 갈림길에서 헤어지고 말았다. 그날의 신작로를 떠나온 지 수십 년이 됐다. 한가한 틈을 비집어 오는 그날의 풋풋한 감정에 젖을 때면 까닭 없이 부끄럽다. 몸속 홍안의 소년이 두근두근, 살고 있어서다.

# 나의 슬픔, 나의 노래

기억을 통한 이야기 방식은 불가능한 현존의 드라마를 마침내 가능하게 하는 하나의 설득력 높은 방식이고, 그 때문에 우리는 그 방식 속에서 '거듭 그리고 완전히 살기'를 꿈꿀 수 있는 것이다.

—문광훈, 『가면들의 병기창-발터 벤야민의 문제의식』, 한길사, 2014, 1053p



십 년 전 여의도에 살던 때였다. 나는 여느 날처럼 겨울 이른 아침 집을 나와 한강을 거닐다가 여의나루역을 향했다. 매서운 강바람이 옷섶을 파고 들어와 살(肉)을 아프게 헤집어 댔다. 대중가요 〈유정천리〉를 입 밖으로 뱉어 내었다(나는 혼자 걸을 때 흘러간 유행가를 흥얼거리는 버릇이 있다). 한강 변에는 지나는 행인이 없었다. 목청껏 노래를 불러 젖혔다. 2절 중 "가도 가도 끝이 없는 인생길은 몇 굽이냐?" 노랫말이 입 밖으로 흘러나올 때 갑자기 울음이 터져 나왔다. 주위를 돌아보았다. 나는 엉엉 웃으면서 지하철역을 향해 발걸음을 놀렸다. 노래가 끝나면 다시 불렀다. 강바람이 춥지 않고 시원했다.

나는 왜 이 노래를 부르면서 왈칵, 울음을 쏟아 냈을까? 무심결에 입 밖으로 흘러나온 노랫말이, 그때까지 시난고난 살아온 편력을 순간적으로 압축하여 표현하고 있다고 느꼈기 때문이었으리라. 물론 이 행위는 의식이 개입되지 않은, 어디까지나 이성의 통제를 벗어난 무의식의 발로였다. 살다 보면 이렇듯 때와 장소를 불문하고 자신을 흘리고 생의 전라全裸와 치부를 가감 없이 노출시키는 때가 있다. 그러나 이것이 무조건적인 생의 낭비나 소모만은 아니다. 때에 따라 누적된 감정은 배설을 필요로 할 때가 있기 때문이다.

내가 즐겨 부르는 노래들은 대개가 어릴 적 엄니에게서 배운 것들이다. 생활에서 장애를 겪을 때마다 엄니에게서 배운 노래를 부르는 게 버릇이 되어 버렸다. 어릴 적 농사채가 많지 않았던 우리 집은 담배 농사를 지어 곤궁한 생계를 이어 나갔다. 참으로 품이 많이 드는 농사였다. 담뱃잎은 탄저병에 취약하여 잎 사이사이 붉은 반점이 생겼는데 그것들을 가위로 잘라 내고 황금색 담뱃잎만을 추려 가지런히 해야 했다. 이것을 '담배 조리'라 하였다. 담배 농사는 아부지의 몫이었지만 담배 조리는 엄니와 동네 처녀들의 몫이었다. 하품이 잦은 오후 시간대가 되면 라디오에서 뽕짝의 구성진 가락이 흘러나오곤 하였는데 엄니와 처녀들은 누가 질세라 그 유행하는 노래들을 따라 부르면서 일이 주는 과중한 피로를 달래곤 하였다. 가수들이 불러 대는 노래들은 나 같은 어린이가 듣기에도 어찌나 서럽고 청승맞고 구슬픈지 까닭 없이 가슴이 먹먹해지곤 하였다.

나의 글쓰기는 군 제대 후 복학생이 되었을 때 본격적으로 시작되었지만 문자 행위로서의 시 쓰기가 아닌 생활로서의 시 쓰기는 이미 그 어린 시절 엄니와 처녀들이 떼창으로 부르던 노래들을 따라 부르면서 시작되었다 해도 과언이 아니다. 그 시절 가락에 실린 노랫말의 청승과 서러움은 고스란히 유전자처럼 내 글의 정서로 전이되었다.

오래전 일이다. 부모를 일찍 여읜 탓에 나는 서른을 갓 넘기면서부터 호주 노릇을 하게 되었다. 어느 날 다섯 살 터울의 동생이 집으로 결혼할 여자를 데려와 내게 선을 보였다. 나는 예비 제수씨에게 첫 시집과 때마침 출간한 두 번째 시집에 사인을 해서 건네주었다. 그때 동생이 불쑥 나서서 여자에게서 시집을 거두어 내게

돌려주고는 건넌방으로 나를 앞세워 들어갔다. 형, 미안한데 나는 아내 될 사람에게 우리 집안의 구질구질한 가난을 보여 주고 싶지 않아. 그 말을 듣고 나는 큰 충격을 받았다. 아, 내가 자부로 느끼는 문학을 동생은 전혀 달갑게 여기지 않았던 것이다.

작가와 시인들은 자신들의 가족 서사를 문학의 질료로 삼을 때가 많다. 동굴 속처럼 어둡고 음습했던 유년의 가난과 결핍과 상처가 언어를 통해 승화되는 미학 경험을 통해 트라우마를 치유하고 역으로 독자들은 형상화와 재구성으로 구조화된 작품을 통해 저자의 내밀한 경험적 진실을 공유하고 내면화함으로써 현존하는 아픔과 상처를 극복하기도 한다. 그런데 이때 작품화된 경험은 시장에서 상품이 되어 팔려 나간다. 가난과 상처와 결핍이 돈으로 교환되는 것이다. 구원을 위한 창작 행위가 돈으로 환산되는 자본 구조에서 작가와 시인들은 묘한 심리적 갈등을 겪기도 한다. 시인들은 이중의 딜레마를 경험한다. 자신이 창조한 작품이 저속한 시장의 논리를 거역하고자 하는 순수 욕망과 다른 한편으로 시장에서 환대와 주목을 받기 바라는 삿된 욕망이 바로 그것이다. 이 둘은 각축하다가 한쪽으로 힘의 균형을 옮긴다.

# 제4부

## 내 생의 진자의 추는 어디에서 멈출 것인가?

생의 반환점을 돌아, '가야 할 때가 언제인가'를 헤아리는 나이에 이르게 되었다. 오후의 생을 사는 요즈음엔 살아갈 미래보다는 더 자주, 살아온 지난날들을 돌이켜 보게 된다. '행복은 불행의 마디'라고 했던가. 밝고 환한, 푸른빛 추억보다는 어둡고 쓸쓸한, 회색빛 음영이 더 자주 눈에 밟힌다. 회한은 늘 그렇듯 돌이킬 수 없을 때에야 찾아오는 법인가 보다. 할 수만 있다면 엎지른 물이 다녀간 갱지처럼 얼룩덜룩한 생의 자국들을 박박 지우고 싶다. 하지만 그 일은 가능하지 않을 뿐 아니라 일회성의 삶에 영화와 같은 되감기란 있을 수 없다.

나는 80년대 막바지에 시골에서 서울로 올라온 상경파다. 상경파들은 한때 꼬리가 긴 주소를 지니고 살았다. 절대적 가난에 시달리던 그 시절 나에게 가장 큰 소원이 있다면 거추장스럽게 따라다니는 주소의 긴 꼬리표를 떼어 내고 내 평생에 내 이름으로 등재된 가옥 한 채를 갖는 것이었다. 그 소원을 이루기 위해 이 직업 저 직업 가리지 않고 돈 될 수 있는 일들을 찾아 이른 새벽부터 늦은 밤까지 극성맞게 바지런을 떨어 댔다. 그 결과 나는 늦은 나이에 이르러 가까스로 그 소원을 이루게 되었다. 나는 그런 내가 스스로 여간 대견스럽지 않다. 바깥에서 갖은 굴욕과 수모에 부대껴 지내다가도 퇴근하여 내 식구가 기거하고 있는 아파트를 올려다보며 '결국 해냈다'는 성취감에 젖어 까닭 없이 가슴 뻐근한 적도 여러 번이었다. 요컨대, 서울의 한 주민으로 살아오는 동안 나 또한 그 누구들처럼 별수 없이 소시민적 안일에 빠져 살게 된 것이다.

그러나 나는 최근 들어 무사안일주의에 빠진 나의 이러한 자동화된 일상에 대해 뼈아픈 자성의 시간을 갖게 되었다. 특별한 계기는 없다. 어느 날 내가 이룬, 사소한 성취에 대해 불쑥, 자괴감과 함께 회의가 찾아온 것이다. 왜 있지 않은가? 구차한 나날의 일상이 문득 벗어날 수 없는 감옥 같다는 회오의 감정 같은 것 말이다. 고작 이만한 것을 이루려고 그렇게 악전고투하며 아등바등 살아왔단 말인가? 이러저러한 복잡한 감정이 어느 날 한 편의 시로 나를 찾아왔다.

> 너는 욕망의 암벽 기어올라
> 마침내 정상 등극에 성공하여
> 날개 달게 되었다
> 바야흐로 너는 구질구질한

바닥을 버리고 수직 상승하게 되었다
그러나 똥파리여,
너는 끝내 천출 벗지 못하였다
붕붕, 부산한 몸짓으로
진동하는 부패에 생활의 빨대 꽂고 있구나
지하철 칸칸마다 들어찬,
벽 기어오르고 있는 구더기들이여

—졸시, 「똥파리」 전문



결국 나는 측간에 빌붙어 사는, 한 마리 똥파리에 지나지 않았던 것이다. 날개를 달았다고 해서 그 자체로 우화등선한 것은 아니다.

요즘 나라 안팎에서 들려오는 소식들은 온통 어둡고 칙칙한 것들뿐이다. 악취와 구린내가 진동한다. 이 악취와 구린내로부터 자유로운 영혼이 과연 얼마나 될까? '돈을 넣어야만 작동하는 자동판매기처럼'(최승호, 「자동판매기」) 우리는 어느새 자본의 그물망에 갇힌 매음부가 되어 버렸다. 너무 오래 사용하여 기능을 상실한 방부제처럼 부정과 부패를 막지 못하는 제도적 장치들을 보라! 안타깝지만 종교적 현실도 예외가 아니다. 빛과 소금이 되어야 할 종교(기독교, 불교, 천주교 가릴 것 없이)가 기업화되어 자본과 정치권력에 결탁하고 있을 뿐 아니라, 세습을 비롯해 온갖 사회문제를 양산하여 염오와 지탄의 대상이 된 지 오래다. 하지만 이 모든 반도덕 비윤리적 행위에 대해 습관화된 나머지 대다수는 아무런 자의식을 느끼지 못한 채 살고 있다. 나 또한 예외일 수 없다.

"인간의 세계는 너무나 광활해서 마돈나의 이상을 가진 사람이 소돔의 이상으로 끝을 맺고 소돔의 이상을 가진 사람이 마돈나의 이상을 불태우기도 한다(도스토옙스키의 『카라마조프가의 형제들』에 나오는 드미트리의 말)." 우주 안의 편재하는 것들과의 관계가 나를 만든다. 내 삶이 마감되는 날 과연 내 이상의 추는 과연 진자 속 마돈나와 소돔 사이 그 어디에서 움직임을 멈출 것인가? 그것은 전적으로 앞으로 내가 만날 사물과 인간들과의 관계에 의해 결정될 것이다.

## 관계

재작년 아들과의 불화를 겪고 난 뒤 찾아온 깨달음이 있었다. 사람은 누구를 위해 살지 않고 자기 자신을 위해 살 때 타자와의 관계도 원만해진다는 사실이었다.

우리는 사랑한다는 명분과 이유로 타자의 삶에 개입하곤 하는데 이것으로 인해 불화의 늪에 빠지게 된다는 사실을 곧잘 잊으며 산다.

어릴 적 부모로부터 귀가 따갑게 들었던 말이 있었다. 내가 누구 때문에 사는데, 내가 누구 때문에 이 고생인데 등의 말이었다. 나는 이 말이 죽기보다 싫었다. 그런데 그토록 염오했던 그 말을 나는 무의식중에 아들에게 쓰고 있었다. 이것이 아들과 내가 돌이킬 수 없이 멀어진 이유였다. 지금은 다행히 회복 중에 있지만…….

이런 종류의 말은 타자의 심리를 억압하는 기제가 된다. 사람의 삶은 누구, 누구의 미래나 행복을 위한 수단이 될 수 없다. 누군가를 위해 내 삶이 도구화될 때 우리는 은연중 보상을 원하는 심리에 빠지게 된다. 사람은 자신의 삶을 영위하는 주인이 될 때 서로에게 호혜적 관계가 성립되는 것이다. 즉 이 말은 서로 간의 삶에 간격, 사이가 허용되어야 한다는 뜻이다.

다도해의 섬들이 아름답게 보이는 것은 구도 때문이지 섬 자체가 아니다. 숲을 무성하게 살찌우는 것은 나무와 나무 간의 간격 때문이다.

## 말과 지식

성철 스님이 남긴 "산은 산이고 물은 물이다"란 법어가 스님 생전이나 사후에도 여전히 대중에게 감동을 주고 널리 회자되는 것은 법어의 뜻이 새로워서가 아니라 그 법어에 성철 스님이 살아온 일대기가 실려 있기 때문이다.

법정 스님이 작고하신 후 스님이 남긴 산문집들이 사람들의 관심의 대상이 되어 고가로 치솟은 적이 있었는데 이것도 따지고 보면 스님의 산문 세계가 특별히 새롭다거나 깊어서라기보다는 스님의 청정한 일대기가 스님이 쓴 언어에 빛과 무게를 더해 주었기 때문이다.

이와 같은 현상은 종교적 삶의 사표가 된 김수환 추기경의 바보 그림, 이해인 수녀의 글들, 천상병 시인의 후기 시편들의 경우에서도 마찬가지로 적용된다. 좀 더 과감하게 말하면 이분들이 남긴 작품들이 아주 뛰어난 의장을 갖추지 않았음에도 불구하고 독자 대중의 사랑을 폭넓게 받는 데에는 그분들의 고결한 삶이 그분들이 남긴 작품들에 성채를 입혀 주었기 때문이다.

이처럼 말과 언어의 기능은 말을 쓰는 주체의 삶과

밀접한 관련을 지니고 있다. 그렇다면 나와 같은 죄 많은 중생은 어떻게 말과 글쓰기의 전략에 임하여야 할까? 애시당초 내가 살아온 인생은 일반인들에게 감동과 울림을 줄 수 있는 수준에는 훨씬 미달된 상태에 놓여 있으므로 어쩔 수 없이 미학적 표현으로 감동과 울림을 유발하는 승부수를 띄울 수밖에 없다.

## 지식과 정의

나라가 한시도 조용할 날이 없다. 시인 김수영은 일찍이 '혼란은 허용되어야 한다'고 말한 바 있지만 지금 이곳의 혼란은 뭔가 수상쩍은 데가 없지 않다. 갈등은 때로 발전을 위한 동력이 되기도 한다. 갈등이 없는 사회는 활력을 잃어버린 사회이기 때문이다. 안전은 때로 정체를 의미하기도 하는 것이어서 차라리 불안을 선택한 삶이 온당할 때도 있다. 고여 있는 물에는 이끼가 끼기 마련이고 정체 혹은 안주에 불과하지만 흐르는 물에는 불안할지언정 비전과 미래가 있기 때문이다.

하지만 우리 사회의 한 치 양보 없는 대립, 반목으로서의 갈등, 이에서 결과되는 혼란과 불안은 연성이 아닌 경화로서 생산과 발전에 기여하지 못하고 다만 파괴의 크기와 불화의 간격을 넓히거나 공고히 하는 데 더 많은 역할을 하고 있는 듯하다.

지식이 독이 되기도 하는 시대에 우리는 살고 있다. 온갖 매체에 참견하여 말과 글로써 진실을 호도하는 지식인들이 넘쳐나고 있다. 지성에 이르지 못한 지식은 단순한 기능일 뿐이다. 지성을 가장한 영혼 없는 기능인들의 곡학아세가 도를 넘고 있다. 그 해악은 이루 헤아릴 수 없을 지경이다. 양두구육이 따로 없다. 권력의 마름이 되어 편한 잠자리와 기름진 밥을 구하는 그들의 행태를 지켜보는 일이 괴롭다. 세 치 혀로 현실을 우롱하고 농단하는 뻔뻔한 지식의 오퍼상들이라니! 그들은 알량한 지식과 현란한 말의 분식으로 대중의 혜안을 흐리는 데 열중하고 있다.

평상시 대나무는 바구니나 소쿠리가 되어 생활에 편리를 주기도 하고 피리, 퉁소가 되어 시름 많은 가슴을 달래 주기도 하고 죽비가 되어 깨우침의 계기를 주기도 하지만 민족 공동체가 위기에 처했을 때는 기꺼이 죽창이 되기도 하였다. 또 퓨즈는 전기가 과부하에 걸렸을 때 자진함으로써 화재를 미연에 방지하기도 한다.

지성인은 대나무나 퓨즈와 같은 존재이다. 지식은 기술 연마나 축적에 의해 달성되지만 지성은 실천과 행동에 결부되기 때문이다. 요즘 우리 시대에 지식은 넘쳐나지만 지성은 좀처럼 만나기가 힘들다. 지식인들 중에는 치부하기에 여념이 없거나 알량한 기득권 유지 내지 확장을 위해 스스로 권력의 마름이 되어 진실을 은폐 굴절 왜곡시키기를 마다하지 않는다.

도덕과 윤리가 부재한 시대에 누구는 맹수가 되거나 누구는 가축이 된다. 지식과 정의는 비례하지 않는다.

권력의 의자에 앉은 자들의 배경을 자처한 맹견들이 가면을 쓰고 나와 현란한 말로 짖어 대며 우중을 속이는 시대에 우리는 살고 있다.

## 미투에 대하여

한국 중년층 이상 남성들은 미투에 대해 왈가왈부 안 했으면 좋겠다. 크거나 작거나 명시적이든 묵시적이든 다들 가해자 아닌 사람이 드물기 때문이다. 조용히 자기 성찰과 반성의 계기로 삼으면 될 일이다. 나만은 예외적 존재로 도덕과 윤리의 성역에 속해 있는 양, 그린벨트인 양 설치고 나서는 것도 꼴사나워 보인다. 설혹 독야청청하였더라도 침묵했으면 좋겠다. 그가 비록 윤리 도덕의 엘리트라 하더라도 한국 남성은 이 지경에 이른 데 대한 공동 혹은 연대 책임을 느낄 필요가 있는 것이다.

이 문제는 개인의 문제가 우선이겠지만 오랫동안의 사회 구조, 제도, 이념, 교육, 통념, 풍속 등의 문제와도 연결되기 때문이다. 일찍이 유마힐이 말했지 않았는가? '중생이 아프니 내가 아프다.' 세상의 모든 타락에 나도 부지불식간 일조한 셈이라는 걸 알아야 하지 않겠는가? 요는 남 탓하기 전에 자기 성찰 먼저 이루어져야 한다는 말이다. 이것이 내가 지금까지 미투에 대하여 침묵하거나 소극적 반응을 보인 이유이다. 내가 제일 경계하는 이는 주체 의식 없이 시대의 흐름에 무비판적으로 편승하는 이들이다.

## 내가 산을 찾는 이유

'바람이 나뭇잎을 희롱하고 있다. 바람은 천 년 동안 저 짓을 하고 있다' 박재삼 시인의 시구절이다.

어찌 천 년뿐이겠는가? 만 년, 억 년도 넘게 바람은 저 짓을 하고 있을 것이다. 그런데 바람이 나뭇잎을 희롱하는 짓은 아무리 보고 또 보아도 물리지가 않는다. 왜 그럴까? 거기에는 의도가 없기 때문이다. 천진과 무구로서의 반복 행위가 있을 따름이다. 의도가 개입하지 않는 행위는 물리지 않는다. 해마다 피는 꽃이 그러하고, 내리는 눈과 비, 강물의 흐름, 떠도는 구름과 반짝이는 별, 거듭 일렁이는 파도 등속이 그러하다.

인간의 행위 중에는 아이의 배냇짓이 그러하다. 아이의 배냇짓은 자연에 가깝다. 그렇다. 자연에는 권태가 없다. 자연의 반복 행위는 늘 새롭고 신선하다. 내가 산을 즐겨 찾는 이유가 여기에 있다.

오늘도 나는 산속에서 물고기의 지느러미처럼 공중

의 바다를 유영하는 나뭇잎을 쬐고 흙에서 돋아나는 향기를 바르고 갓 태어나 아직 사람의 몸을 타지 않은 바람으로 실컷 세안을 즐기다 올 것이다.

프리드리히 빌헬름 니체가 인간 발전의 세 단계인 낙타, 사자, 아이 중 왜 아이를 최고 우위에 두었는지를 자연에 가장 가까운 아이들을 보면 알 수 있다.

# 참새와 참나무

새 중에서 진짜 새는? 참새, 나무 중에서 진짜 나무는? 참나무. 이것은 일종의 언어유희(pun)이지만 실제로 나는 새 중에서 참새를 좋아하고 나무 중에서 참나무를 좋아한다. 우선 그것들은 이름이 좋기도 하거니와 새는 근면한 수성獸性이라서 좋고 나무는 이타적인 수성樹性을 지녀서 좋다.

우리나라 텃새인 참새는 곡식을 쪼아 먹기에 알맞은 짧고 단단한 부리를 가졌다. 꽁지깃은 날 때 방향을 잡는 역할을 한다. 여름에는 해로운 곤충을 잡아먹어 사람에게 도움을 주지만 가을에는 농작물에 피해를 주기도 한다. 모래와 물을 이용해 목욕하는 것을 좋아한다. 부리로 물을 쪼아 몸에 바르기도 하고 물구나무서기를 하는 등 목욕을 통해 몸에 붙어 있는 진드기, 먼지, 비듬 등을 털어 낸다. 두 발로 뛰면서 먹이를 찾거나 농작물의 알곡을 쪼아 먹는데 한쪽 눈으로 먹이를 찾아낸 다음 양쪽 눈을 사용해 먹이를 보며 먹는다. 번식이 끝나고 가을이 되면 무리를 이루어 집단으로 겨울을 난다. 참새는 산림성 조류를 관찰할 때, 발견한 새의 크기를 비교하는 '자'와 같은 역할을 한다고 하여 '자새'라고도 불린다.

그렇다면 이러한 참새는 해로운 동물인가? 이로운 동물인가? "프러시아의 프리드리히 대왕은 자기가 좋아하는 버찌를 참새가 먹어 치우는 것에 화가 나서 참새를 모조리 잡아들이라고 명령하였다. 그러고 나서 두 해가 지나자 벚나무에 해충이 생겨 겨울눈뿐만 아니라 겨우 돋은 잎마저 먹어 치워 나무가 형편없게 되었다. 결국 참새의 역할을 새로이 알게 된 대왕은 참새를 보호하게 되었다"(국립중앙과학관).

새벽 공원 산책길에서 자주 참새 무리를 만난다. 새들은 떼 지어 다니면서 대오 짓지 않고 따로 놀며 생업에 분주하다. 저들의 스타카토 놀이 속에 일용할 양식을 위한 근면한 노동이 있다. 한때 농업 부족의 일원으로 살았던 유랑의 족속들이 가는 발목으로 튀는 공처럼 맨땅을 뛰어다니며 금세 휘발되는 음표들을 통통 마구 찍어 대는 바람에 미처 잠이 다 빠져나가지 못한 부은 몸이, 순간 공중으로 부양되는 느낌을 갖게 된다. 수다의 꽃 피우며 검은 부리로 쉴 새 없이 먹이를 찾아 쪼아 대는, 황족의 회백과 다갈색 빛깔들 속에는 푸른 피가 유전하고 있을 것이다. 새벽 공원 산책길에서 만난, 발랄 상쾌한 살림들이 어질고 환하고 눈부시다.

참, 나무가 앓고 있다
신음도 없이 표정도 없이
참나무의 허리
그의 몸, 저 깊은 곳으로부터
진물이 흐르고 있다

진물이 먹여 살리던 식구들을 기억한다
가장의 진액은 그러므로 울음이 아니다
식량이다

나무도 상처가 아물 때
가려움을 느낄까
가려워서 마구 잎을 피우고
가지 흔들어 댈까

상처 없이 미끈한 나무가 떨군 열매 믿을 수 없다
가려워서 어디든 몸 문대고 비비고 싶은
생의 상처여,
낫지 말아라
몸속 너를 보낼 수 없다
상처는 기억이고 반성이고 부활이다

—졸시, 「상처」 전문

참나무는 도토리나무와 엇비슷하지만 다르다. 서식지가 다르고 나무의 크기가 다르다. 나무의 형상만이 아니라 열매도 크기나 모양이 다르다. 상수리는 구슬처럼 둥글고 도토리는 송곳니처럼 뾰족하게 생겼다. 묵을 해 먹을 때 색깔이 더 진하고 텁텁하며 쓴 내가 나는 쪽이 상수리이다. 도토리나무는 산속에 살지만 상수리나무로도 불리는 참나무는 마을 주변에 산재해 있어 상처가 많다. 참나무 줄기 한가운데는 동네 악동들이 덜 익은 상수리알을 노리고 던진 큰 돌에 맞아 상처가 나고 이 상처에는 한여름 내내 진물이 고여 있는데 이게 나무에 기숙해 사는 벌레 주민들의 일용할 양식이 된다. 참나무는 자신의 상처로 가족의 호구를 마련한다는 점에서 가장과 같은 나무다. 나아가 참나무는 한 마을이요, 한 국가다. 참나무에는 노천 학교가 있어 벌레 주민들이 스스로 교육을 주고받는다. 그러므로 참나무를 전기톱으로 쓰러뜨리면 안 된다. 참나무는 죽어서도 숯이 되어 또다시 생을 불사른다.

## 염치를 잃어버린 시대에 대한 유감

생각하는 것만으로도 절로 옷깃이 여며지며 고개가 숙여지는 존경할 만한 인물을 몸 안쪽에 지니고 살고 있는 사람이 있다면 그는 행복한 사람이다. 박복한 탓인지 나의 경우 아무리 주변을 돌아보아도 진정 마음으로부터 절로 우러나오는 외경심의 대상이 없다.

떠올리는 것만으로도 가슴을 벅차게 하고, 방황하는 젊은 영혼들에게 존재만으로도 생의 지표요, 이정표가 되어 주었던 광도 높은 별들은 다 어디로 사라져 버렸단 말인가. 이제 천하를 호령하던 영웅호걸들은 역사의 페이지에서나 만날 도리밖에 없는 것일까.

사람의 가치를 오로지 환금성의 척도로만 재는 사회에서 인재가 날 리 만무하다. 또한 수질이 오염된 저수지에 물고기가 살 수 없듯이 고질적인 분열과 반목으로 서로를 불신하는 사회 틀 속에서는 큰사람이 호흡하며 살 수가 없기 때문이다.

시대를 앞질러 성큼성큼 크게 보폭을 옮기는 큰사람이 그립다.

개인과 집단의 이기주의가 더욱 불신과 분열과 반목으로 치닫고 있다. 남북의 대치 국면은 첨예화되고 그에 따라 긴장 국면이 조성되어 그렇잖아도 나날의 일상에 지쳐 있는 국민들을 더욱 피로하게 만들고 있다.

## 놀란 강

강물은 몸에
하늘과 구름과 산과 초목을 탁본하는데
모래밭은 몸에
물의 겸손을 지문으로 남기는데
새들은 지문 위에
발자국 낙관을 마구 찍어 대는데
사람도 가서 발자국 낙관은
꾹꾹 찍고 돌아오는데
그래서 강은 수천 리 화선지인데
수만 리 비단인데
해와 달과 구름과 새들이
얼굴을 고치며 가는 수억 장 거울인데
갈대들이 하루 종일 시를 쓰는
수십억 장 원고지인데
그걸 어쨌다고?
쇠붙이와 기계 소리에 놀라서
파랗게 질린 강

—공광규, 「놀란 강」 전문

한 방울의 정한 물로 태어나 울퉁불퉁 생의 바닥 흘러오는 동안 깜냥껏 잔물결 일으키기도 하고 허무하게 스러지기도 하면서 키운 꽃 몇 송이나 될까? 실비처럼 어둠이 내리는 늦봄 늦은 저녁 양수리에 와서 먼지 낀, 차 창문을 내리고 뫼비우스 띠인 양 수만 수억 마리 꼬리를 물고 있는 독 없는 물의 뱀들이 일으키는 물결을 본다.

들썩이는 물의 비늘과 팽팽하게 부풀다 꺼지는 물의 뱃가죽, 햇살이 다녀가 적당히 달아오른 물의 꼬리들이 똬리를 틀고 있다. 서로 밀치고 당기면서 입을 맞추고 서로 몸을 포개 새끼를 치는 물의 나라.



남한강과 북한강의 합수, 저것은 지우는 경계가 아니라 지워지는 경계일 것이다. 자신들의 태생지인 경향각처 골짜기에서의 맑고 순한 눈빛으로 이제 저들은 돌아가지 못할 것이다.

그녀의 본적은 소沼(한강의 발원지는 태백 검룡소라 알려져 있다)이거나 산이다. 소沼와 골짜기를 박차고 나와 강의 이름으로 들과 도시를 가로질러 장단 완급으로 걷다가 마침내 생을 마감할 때에야 바다로 열리는 그녀의 유장한 삶은 처음과 끝이 없다. 그녀(강)는 바다에 와서 죽고 다시 태어난다. 즉, 물고기들 터전이 되어 살다가 다시 하늘의 부름을 받고 산으로 가서 신생을 사는 그녀는 거듭 순환과 부활을 반복하는, 영원히 죽지 않는 여자다. 태어난 이래 늙을 줄 모르는, 하늘이 목숨 점지한 이래 이 나라 대지의 통 큰 어머니로 살면서 뭇 생명들의 주린 입에 젖 물리는 것을 은근한 자랑과 소명으로 여겨 온 그녀는 낮에는 산과 마을 으스러지게 끌어안고 밤이면 별과 달을 담고 출렁출렁, 한결같은 보폭으로 흐르면서 유사 이래 이 나라가 걸어온 파란만장과 우여곡절과 요철의 세월을 만백성과 더불어 울고 웃어 왔다.

그런데 이러했던 그녀가 근자에 이르러 자신이 낳고 길러 온 자식들이 행사한 야만적 폭력으로 인해 중병을 앓고 있다. 오, 그녀의 자식들아, 그녀를 시험에 들지 말게 해 다오. 멀쩡히 살아 있는 육신을 수술대에 올려놓고 함부로 재어 절단하지 말아 다오. 그녀는 가봉하기 위해 세탁소에 맡겨진 옷이 아니다. 책상에 놓인 공작의 도구가 아니다. 그녀가 앓으면 우리 모두가 앓고 그녀가 죽으면 우리 모두가 함께 죽는다. 사족이 묶인 그녀는 갖은 질병을 앓아 왔다. 관절염을 앓으며 절뚝거렸고 폐결핵으로 붉은 피를 쏟기도 했고 괄약근이 약해져 분 내를 풍기기도 하였다.

오, 사랑하는 그녀의 자식들아, 그녀의 몸에 함부로 칼 대지 말아 다오. 자궁을 드러내고 팔다리를 잘라 내고 얼굴을 깔아뭉개 어찌 살기를 바랄 수 있겠는가. 그녀가 앓다가 죽어 가고 있다. 죽은 몸으로 어찌 우리들 주린 입에 젖을 물릴 수 있겠느냐? 그녀로 하여금 그날처럼 구릿빛 근육으로 싱싱하게 노동하게 해 다오. 그녀는 그냥 홀몸이 아니다. 물이 죽고 땅이 죽고 하늘이 죽어 죄 없는 그녀의 자식들 즉, 꽃과 풀과 나무와 구름과 달과 바람과 벌레와 물고기와 소와 염소와 영희와 철수 등속이 죽어 가는 것을 차마 어찌 눈 뜨고 볼 수 있으랴?

4대강 건설! 건설이 불러들인 온갖 쇠붙이들이 그녀들의 몸을 마구 파헤쳐 찢고 오장육부 휘저어 안팎으로 검퍼렇게 녹슬어 가고 있다. 그녀들을 더 이상 슬프게 하거나 노엽게 하지 말아 다오. 고통으로 그녀들이 울지 않게 해 다오. 그녀들이 우리를 버리지 않게 해 다오.

## 오늘은 사정이 생겨 산행을 하지 않기로 했다

오늘은 사정이 생겨 산행을 하지 않기로 했다. 산행에 관행이 생긴 몸이 투덜거리는 소리를 듣는다. 나의 산행의 관행은 작년 이맘때 가출 이후 생긴 것이다. 중계동 움막에서 불암산을 타며 산의 향기를 느끼다가 점차 산의 맛에 길들여지게 된 것이 습관이 된 것이다.

몸의 근육이 날마다의 운동에 의해 붙듯이 글쓰기의 근육 또한 글쓰기가 일상이 될 때 생겨난다. 나는 아직 이러한 경지에 이르지 못했지만 발터 벤야민, 김수영, 황석영, 최근의 오민석 등 근현대의 프로들은 하루도 글쓰기를 멈추지 않았거나 않는다. 나는 이들의 직업 정신이 부럽다.

자주 뱃사람들은 장난삼아
거대한 알바트로스를 붙잡는다.
바다 위를 지치는 배를 시름없는
항해의 동행자인 양 뒤쫓는 해조를.

바닥 위에 내려놓자, 이 창공의 왕자들
어색하고 창피스런 몸짓으로
커다란 흰 날개를 놋대처럼
가소 가련하게도 질질 끄는구나.

이 날개 달린 항해자가 그 어색하고 나약함이여!
한때 그토록 멋지던 그가 얼마나 가소롭고 추악한가!
어떤 이는 담뱃대로 부리를 들볶고,
어떤 이는 절뚝절뚝, 날던 불구자 흉내 낸다!

시인도 폭풍 속을 드나들고 사수를 비웃는
이 구름 위의 왕자 같아라.
야유의 소용돌이 속에 지상에 유배되니
그 거인의 날개가 걷기조차 방해하네.

—보들레르(김붕구 역), 「알바트로스」 전문



보들레르의 시 「알바트로스」를 다시 읽는다. 이 시는 금치산자가 된 보들레르가 항해 중 경험한 사실을 소재로 쓴 것이다. 하늘에서는 왕자인 새가 지상에서는 뱃사람들의 조롱거리로 전락한다. 시인은 알바트로스에게서 자신의 현존재를 발견한다.

나는 이 시에서 오늘날 우리 시대 시인의 초상을 읽는다. 세상의 잡새들(스스로 잡새가 되어 버린 시인들)에게 온갖 조롱과 능멸의 대상이 되어 버린 장자의 붕새. 아프리카 늪지에서 악어에게 먹히는 가젤 영양들. 자본주의의 가혹한 생존 논리가 시인들의 영혼을 잠식한다.

나는 오늘의 시편들이 감동과 울림을 주지 못하는 이유 중 하나를, 나를 비롯해 시인들이 오늘 이곳의 고통을 내면화하지 못하고 있는, 자유정신의 부재 때문이라고 본다. 이런 면에서 나는 정치 현실을 외면하는 시인들을 이해하지 못한다.

산 대신 집 앞 공원에서 감옥의 죄수처럼 주어진 양의 운동을 하고 오후에는 일용할 양식을 구하러 갈 것이다. 거리와 골목에 아침부터 더위가 울울창창 우거지고 있다.

# 오세영 선생님께 드리는 편지

선생과의 인연이 길고 깊다. 30대 초반부터 시작된 인연이니 근 삼십 년 가까운 세월이 된 것이다. 나는 선생의 제자도 아니고 선생의 후학도 아니다. 선생과는 한국 사회에서 그 흔한 지연이나 학연의 고리도 없다. 그럼에도 선생과 이렇게 오랜 세월 인연을 맺어 온 배경은 무엇일까? 사내는 자기를 알아주는 이에게 목숨을 건다는 말이 있다. 내가 선생 곁을 떠나지 않은 가장 큰 이유는 선생의 나에 대한 믿음 때문이다. 선생과 나는 시가 아니었다면 아무런 연이 닿지 않았을 것이다. 시가 매개가 되어 맺어 온 인연 30년! 이런 면에서 나는 시에게 감사하지 않을 수 없다.

선생과 나는 여러모로 격차가 나는 삶을 살아왔다. 우선 연차도 그렇지만 가방끈도 크게 차이가 난다. 나는 지방대를 나와 평생을 열등의식을 지니고 살아온 사람이고 선생은 들어가기도 어려운 한국 최고의 대학 출신에다가 거기에서 오랜 세월 최고의 인재들을 가르쳐 온 사람이다. 선생은 전라도 영광에서 나고 자라서 서울에서 유학을 하셨고 나는 충남 부여에서 나고 자라서 대전으로 유학을 하여 성인이 되어서야 생계를 위해 상경하게 되었다. 선생은 정치적으로 보수 성향을 지니셨고 나는 진보 좌파적 경향이 농후한 사람이다. 선생은 대단히 논리적 합리적 이성적 지성의 면모와 차분한 성격을 지니셨고, 나는 대단히 격정적 돌출적 일탈적 성격을 지녔다.

이렇게 선생과 나는 여러모로 성정에서 차이가 나고 기질에서도 대조적인 차이를 지녔다. 단 한 가지 선생과 내가 닮은 점이 있다면 낭만적 성향을 지녔다는 점이다. 나는 이게 늘 이상하다. 늘 차분하시고 정연하신 선생께서 내면에 뜨거운 용암 같은 열정과 낭만을 지녔다는 점이! 이러한 표리부동한 선생의 이중성이 선생으로 하여금 학문과 시라는 분야에서 각기 성공을 거둘 수 있게 한 요인이 아닐까 하는 생각이 든다.

선생은 정치적으로 보수 성향을 지니셨지만 문학에 대해서만큼은 절대 편견이 없으시다. 문학의 성향이 어떠하든 간에 작품이 작품으로서의 자질과 품격을 지녔을 때 선생은 상찬을 아끼지 않으신다. 선생이 송경동 같은 급진적 성향의 시를 높게 평가하는 것은 하등 이상한 게 아니다. 그것이 선생의 문학에 대한 한결같은 태도와 자세이기 때문이다. 선생의 이러한 문학에 대한 객관적 엄정함 덕분에 나는 선생의 사랑을 지금껏 누려

오는지도 모른다. 나는 선생의 이러한 입장을 매우 존중한다.

선생은 원칙론자이시다. 선생은 요즘 시대에 보기 드문 딸깍발이이시다. 도대체가 타협을 모르는 고집불통의 샌님이시다. 이런 선생의 각진 성정 때문에 후학들은 선생을 매우 어려워하는 게 사실이다. 하지만 이는 선생에 대한 그릇된 편견이나 오해에서 비롯된 것이라 나는 생각한다. 내가 만나 온 선생은 나름의 원칙을 고수하되 정황에 따른 융통성을 발휘하시는 분이시기 때문이다. 또 더러는 아이처럼 세상 물정과는 동떨어진 순정한 일면도 있어 살가운 정을 느끼게 하신다. 하지만 옳지 않다고 여기는 일에 대하여는 한 치도 양보를 모르고 관용을 모르시는 분이시다.

나는 선생의 사랑을 받고 있다는 우월감 때문에 더러 가다가 시건방지게 선생에게 직언을 하는 때도 있다. 다들 선생을 외경으로 대하지만 나는 어려움 없이 선생을 대하곤 한다. 그럴 때 선생은 나를 나무라지 않고 내 무례를 너그럽게 수용하신다. 이런 나를 내 또래 동업자들은 의아해하고 부러워한다.

1980년대 막바지에 나는 선생과 처음으로 인연을 맺게 되었다. 그때까지는 일면식도 없었다. 주지하다시피 지난 연대는 이념 과잉의 시대였다. 문학도 다른 분야와 마찬가지로 이념에 의해 진영이 나뉘어졌다. 나는 당시 민족문학작가회의(현 한국작가회의)의 자유실천위원회 상임 간사로 재직 중이었다가 나중에는 출판사로, 학원으로 직장을 전전하였다. 자연 내 문학적 취향이나 기호도 이런 시대적 흐름에 편승한 꼴이 되고 말았는데, 그 와중에 선생과 특별한 인연을 맺게 되었으니 이것은 어찌 보면 기이한 일이 아닐 수 없다. 왜냐하면 당시만 해도 어느 진영에 소속되었느냐에 따라 사람(문인)들 간의 인연의 가부나 밀도가 결정되는 분위기이었기 때문이었다. 또한 지금도 그렇지만 당시에는 더욱 그것이 철저하여서 문학과 정치와의 상관성을 전혀 인정하지 않는 순수문학주의자이셨던 선생과 나와는 상당한 연차가 있는 데다가, 참여문학에 일정 정도 발을 담근 나의 문학적 지향과도 상극인 처지여서 각별한 인연을 맺기에는 여러모로 장애가 따를 수밖에 없었을 터인데도 결과는 전혀 그렇지가 않았으니 말이다. 나는 그것이 늘 궁금했었다. 호불호가 분명하신 선생께서 현실에 대한 태도와 문학적 입장 차이가 분명한 나에게 어찌 상식을 위반하면서까지 과분한 사랑을 베풀었을까? 하고 말이다. 훗날, 선생과 더욱 친연한 사이가 되었을 때 나는 그 궁금증의 일부나마 풀 수 있었다. 그것은 시에 대한 입장과 태도가 같았기 때문이었다.

십 년 저쪽의 일이다. 인사동에 위치한 어느 술집에 가니 선생과 동료 시인들이 술자리를 벌이고 계셨다. 그 자리엔 최동호 선생과 손진은 시인 등이 있었다. 나도 거기 우연처럼 합석하게 되었는데 취기가 오른 내가 무슨 말끝에선가 선생에게 대들었다. "선생님은 지나치게 보수적이십니다. 김수영 시인의 시편들 중에는 좋은 시도 꽤 있는데 선생님은 왜 싸그리 그 시인의 시들을 부정하십니까?" (그 당시 선생은 월간지 『현대시』에 김수영 시인의 시를 비판하는 글을 연재하여 단행본으로 냈을 때였다.) 일순간 분위기가 싸해졌다. 그때 최동호 선생께서 한마디 거들었다. "거, 오세영 선생님께 그렇게 대놓고 말할 사람은 이재무 시인밖에 없어요. 허허허." 나는 면구스러워 소변을 핑계로 자리에서 물러났다. 그런데 내 뒤를 따라 선생께서 화장실에 들어오셨다. 나란히 소변기에 앞에 서서 오줌을 누는 동안 내가 선생께 말했다. "아까 제가 너무 과격하게 말했나 봅니다. 용서하십시오." 그러자 선생은 "허허허, 괜찮아요, 원래 이재무 씨가 그런 사람 아닙니까? 나는 이재무 씨의 그런 솔직함이 좋습니다." (선생은 아무리 어린 후학들에게도 말을 놓지 않는다. 나는 가끔 이것이 불만이다. 좀 더 편하게 대해 주면 좋으련만, 하지만 그게 선생의 본래 성정인 것을 어찌 탓할 수 있으랴?)

1990년대 초 선생께서 안식년을 맞아 미국에서 보내기 위해 출국하시기 전전날 뜬금없이 내게 전화를 주셨다. 당시 '고려원' 시선의 책임을 맡고 계셨던 선생은 내 시집을 발간하고 싶다는 의사를 밝히셨다. (전화 이전부터 선생은 각종 문예지나 신문 월평란에 내 졸시를 자주 언급하시고 상찬해 주셨고, 일본에서 간행되는 시 전문 잡지에 내 졸시를 소개해 주기도 하셨다). 나는 내심 선생의 마음 씀씀이가 고맙고 반가웠으나 이미 내 시집 『몸에 피는 꽃』의 원고가 '창비'로 넘어간 뒤였기 때문에 부득불 선생의 청을 거절할 수밖에 없었다. 그런데 그날 통화에서, 못내 아쉬움을 토로하던 끝에 잠시 뜸을 들인 뒤 선생은 전혀 뜻밖의 말씀을 하셨다.

"그런데 이 형, 전화번호를 찾는 과정에서 안 사실인데 난 이 형이 '민족문학작가회의'의 '자유실천위원회'에서 실무를 담당하고 있었던 줄은 몰랐소? 이 형의 시는 서정성이 강해서 싸움하고는 어울리지 않고, 또 거리가 먼 듯 보이는데 말요……. 그건 그렇고 지금은 무얼 합니까?

"예, 학원에서 강의하고 있습니다."

"너무 오래 있지는 마시오. 시를 써야 할 사람인데……."

"아, 예!"

이렇듯 선생과 나는 현실에 대한 입장 차이와 상관없이 먼저 시로써 인연을 맺게 되었고 그 인연이 지금까지 면면히 이어져 온 것이다.

아무려나 난 선생의 그때 권유를 잊지 않고 있다가 몇 년 뒤 굶지 않을 지경에 이르렀을 때에야 미련 없이 학원을 떠나 대학원에 들어가게 되었다.

내가 선생께 입은 음덕은 실로 크고 두껍다. 선생은 그 누구보다 내 시를 꼼꼼히 읽어 주시었고 그때마다 상찬을 아끼지 않으셨다. 선생의 칭찬 덕에 내 시의 키가 쑥쑥 자랄 수 있었다. 또 선생은 내 시의 부족과 결점에 대해서도 사석에서 충고를 주시곤 하였다. 내가 소월문학상 후보에 올라 연거푸 떨어지자 선생은 어느 날 낙담한 내게 이렇게 말씀하셨다. "이 형은 시 제목에 신중할 필요가 있어요, 시에서 제목은 매우 중요합니다. 이 형의 시가 나름으로 좋은데 심사위원들의 고른 지지를 받지 못하는 이유는 제목 때문이 아닌가 하오." 미상불 관심과 칭찬이란 좋은 것이다. 생의 결핍과 부재와 그늘에 부대껴 온 사람에게 관심과 칭찬만큼 크나큰 위로와 힘과 용기를 줄 수 있는 것이 어디 있겠는가? 선생의 관심과 칭찬과 격려가 아니었더라면 나는 1980년대 후반과 1990년대와 오늘에 이르기까지 더욱 쓸쓸하고 암담하게 보냈을 것이다.

선생을 만나 오면서 나는 생에 대한 입장을 고쳐 생각하게 되었다. 사람 사이를 더 가깝게 바짝 끌어당겨 단단히 맺게 하는 것은 다른 무엇도 아닌 정서적 유대라는 사실을! 그렇다. 이념으로 목에 핏대 세우며 만난, 그 많은 동지며 친구들은 지금 다 어디 갔는가? 이후 적대적 관계로 소원해지고 악화된 사례도 얼마든지 있지 않은가? 하지만 정서의 주파수와 코드가 맞아 우의가 두터워진 정인들이 다툼 끝에 헤어진 경우를, 과문한 탓인지는 몰라도 난 아직 들어보지 못했다. 그렇다. 사람의 정이 이념보다 힘이 센 것이다.

선생을 만나면서 놀란 일이 한두 가지가 아니다. 선생은 우선 생활에 성실 근면하시다. 시간을 허투루 쓰는 법이 없으시다. 학자로서, 교수로서, 비평가로서, 시인으로서 그가 성취한 업적은 실로 눈이 부시다. 정년 퇴임 이후에는 매년 시집과 비평집을 상재하고 계시며 남미, 아프리카, 러시아, 유럽, 미국, 아시아 등 전 세계를 누비고 계신다. 그것도 단기간 여행이 아니다. 인터넷 동호회에서 만난 젊은이들과 함께 한 달씩 하는 여행이다. 정말 혀를 내두르지 않을 수 없다. 선생의 지칠 줄 모르는 열정이 나는 부럽다. 최근에는 선생의 시집 『밤 하늘의 바둑판(Night-Sky Checkboard)』이 미국의 비평지에서 2016년 올해의 시집으로 선정되는 영예를 안기도 하였다.

선생은 고집이 세시다. 한번 먹은 마음은 하늘이 두 쪽 나도 실행에 옮기는 아름다운 고집을 가지고 계신다. 나는 선생의 푸른 고집을 사랑한다. 부디 오래, 건강하게 사셔서 한국문학의 성채를 더욱 빛나게 해 주시길 빈다.

## 창호지를 닮은 사람

—권성우

문학비평가 권성우(54, 숙명여대 한국어문학부 교수)가 지난해 펴낸 여섯 번째 비평집 『비평의 고독』(소명)으로 올해 임화문학예술상을 수상한다는 소식을 얼마 전 내게 전해 왔을 때 나는 내 일처럼 크게 기뻤다.

아시다시피 비평가 권성우는 우리 시대 명민한 비평가로서 비평의 균형을 위해 연고 중심의 문단에서 의롭게 투쟁해 온 사람이었다. 에콜이나 메이저 출판사에 소속되지 않고 광야에 홀로 선 선지자처럼 외롭게 정치 사회적 맥락에서의 진보적 비판을 서슴지 않아 온, 엄격하고도 올곧은 언술 행위로 말미암아 그는 스스로 소외의 길로 들어서지 않을 수 없었다. 나는 이러한 그가 늘 안타까웠고 때로는 염려스러웠던 게 사실이었다.

침묵의 카르텔로 일컬어지는 문학 환경 속에서 그는 언제나 문제적 상황을 엄정하게 직시하고 소신 있게 비판 행위를 계속해 왔다. 이러한 비평의 이력 때문에 그는 필요 이상의 편견과 소외를 감당해야 했다. 하지만 그는 무조건 비판만을 일삼는 비평가가 아니다. 최인훈, 조세희, 김석범같이 고전적 작가에 대한 가치에 대하여는 정확한 해석과 함께 상찬을 아끼지 않아 왔기 때문이다. 다만 작품 외적인 배경으로 과도하게 주목을 받아 온 작품에 한해서는 평가에 인색했을 뿐이다.

그의 진보적 태도 때문에 혹자는 그를 매우 강인한 성격의 소유자로 오해하는 경우가 있는데 내가 아는 한 그는 매우 부드럽고 순한 성격을 지닌 감성의 문학인이자, 고독과 낭만을 즐길 줄 아는 우리 시대 보기 드문 지성인이다. 그는 바람에는 강하고 물에는 한없이 약한 창호지를 닮았다. 그가 부당한 권력에 절대 타협하지 않으면서 사회적 약자에게는 한없이 약한 모습을 보이는 것도 이러한 성정 때문이리라.

그를 언제 처음 만났는지 뚜렷하게 기억하지 못한다. 등단 직후인 1980년대 후반 문단 모임이나 술자리에서 몇 번인가 스쳐 지나가며 만났으리라. 그러다 1990년대 후반부터 몇 년간 민족문학작가회의(현 한국작가회의) 기관지 『내일을 여는 작가』의 편집에 함께 관여하며, 당시 편집위원으로 참여하였던 방민호, 유성호 등과 허물없이 어울리곤 하였다. 그때 우리는 출판 자본에 현저하게 종속되어 있는 기존 문예지에서 탈피한, 대안적이며 독립적인 멋진 문예지를 만들고 싶다는 열망으로 가득했다. 그리고 2010년 동국대 문예창작대학원 강의를 함께 맡으며 장충동에서 풋풋한 문학도들과 나눈 추억을 내 맘에 소중하게 간직하고 있다.

위, 인용 글은 내 졸시집 『슬픔에게 무릎을 꿇다』에 그가 에세이 비평 형식으로 쓴 글의 일부이다. 그가 나를 위해 쓴 이 글이 내 심정을 고스란히 반영하였기에 이 축하의 자리에 다시 되돌려 준다.

카프 중앙위원회 서기장이고 좌파 진영의 대표적 문학이론가이자 시인이었던 임화는 일찍이 모더니즘의 세례를 받은 모던 보이로 이탈리아 출신 무성영화시대의 명배우 발렌티노에 비견될 정도로 미남자였다고 한다. 서울 토박이 중인 계급 출신의 지식인 임화는 내면적 기질에서 모더니스트이고 몽상가일 수밖에 없었다.

명동에서 오퍼상을 하는 친척을 돕기 위해 경상도에서 상경한 부모가 명동에서 신혼살림을 시작해서 낳아 태어난 권성우는 3년 전 돌아가신 어머니의 미모를 닮은 매우 잘생긴 얼굴을 가지고 있다. 거기다가 임화처럼 모더니스트인 데다 낭만가의 기질을, 나아가 혁명의 열정을 지니고 있다. 여러모로 임화와 권성우는 닮은 점이 많다.

다시 한번 임화문학상 수상을 축하드린다. 그는 그

간의 비평 성과에 비해 너무 과소평가를 받아 온 비평가이다. 이 상이 위로와 격려가 되길 바라며 지금까지 그래 왔듯이 앞으로도 한국문학의 전진을 위해 분투해 주시기 바란다.

## 주체적으로 살아가기

누군가 판단을 해 주고 결정을 내려 주는 길을 따라가는 일은 쉽고 편하다. 그러나 삶을 주체적으로 살아가면서 자신의 행위에 책임을 지는 일은 매 순간 고뇌와 고통이 따른다.

남자들 중에는 사회인이 되어 살 때보다 차라리 군대 시절의 시간이 편했다는 이들도 있다. 인간의 본성 중에는 주인 의식 못지않게 노예로 살고자 하는 욕망이 있다. 에리히 프롬은 그의 저서 『자유로부터의 도피』에서 자유를 사는 일은 십계명을 지키는 일보다 어렵다 하였다. 관념이 아닌 행위로서의 자유를 사는 일, 삶의 주인으로서 사는 일은 생각처럼 만만한 일이 아니다.

사회가 불안정할수록 인간은 강력한 권위를 원한다. 이러한 시대의 불안과 공포를 비집고 파쇼가 등장한다. 1차 세계대전의 패전 후 독일에서는 바이마르공화국이 들어섰으나 개혁 정책이 성과를 보이지 않자 초조해진 노동자계급이 강력한 지도력을 원하게 되었고 이에 화답하듯 히틀러가 등장한다.

인간은 약한 존재다. 언제든 불안, 절망 그리고 까닭 없이 죄의식에 빠지게 되면(기독교는 이를 악용할 때가 있다) 기꺼이 주인으로서의 삶을 팽개치고 노예로서의 삶을 원하고 선택하는 것이다.

## 후회하지 말라

결코 후회하지 말라. 이것은 니체의 말이다. 우리는 후회하는 일로 많은 시간을 소비하며 산다. 그렇지만 그 후회가 반성과 성찰로 이어져 자신의 삶을 갱신하는 경우는 드물다. 세상에 가장 나쁜 버릇 중 하나는 후회의 관성화이다.

후회하지 말라. 지난 과오는 이미 흘러간 것이다. 후회할 시간에 차라리 좋은 음식을 먹고 충분히 휴식을 취하라. 그리하여 건강한 몸으로 내일을 맞고 살아라. 그렇다고 뻔뻔하게 살라는 뜻은 아니다. 과오는 잊되, 좋은 일을 하겠다, 다짐하고 이를 실천하면 되는 것이다.

인간은 자기중심으로 살아가는 존재자로서 자신에게 치명적인 해악을 끼치지 않는 한 타자의 과오에 무관심하거나 관대하다. 그러니 너무 예민하게 살 필요가 없다. 후회는 현재의 삶을 방해하는 나쁜 감정이고, 무능한 자들의 나쁜 버릇이다.

이재무·김주대 대담

김주대 안녕하세요? 우선 형(이재무 시인에 대한 평소의 호칭)과 평소 하지 않던 진지한 대화를 하게 되어 다소 어색하면서도 한편으로는 무척 기쁜 마음입니다. (웃음) 형과 저는 30년 지기입니다만, 오늘 대담을 통해 시인으로서의 형의 진솔한 내면에 곧바로 접근할 수 있으리라는 기대가 큽니다. 이야기를 풀어 나가기 위해 우선 형의 생의 출발지이면서 시의 근원이기도 한 고향에 대한 걸 몇 가지 여쭙겠습니다. 서울에는 언제, 몇 살 때 상경하셨는지 궁금하고요, 어린 시절 고향에서의 삶과 상경 후 첫 서울살이의 느낌이랄까 그런 것들에 대해 좀 말씀해 주세요.



이재무 반갑습니다. 저도 주대 시인과는 지난 30여 년간 시단 안팎에서 근친처럼 만나 온 사이라 그런지 이런 형식의 대담이 다소 낯설고 어색하군요. 하지만 주어진 숙제를 풀듯 대담에 임하겠습니다.

어릴 적, 저는 80여 호쯤으로 이루어진, 전형적인 농촌의 집성촌에서 나고 자랐습니다. 6남매의 장남으로서 그 시절 누구나 그러했듯이 저 역시도 가난에 시달리며 살았습니다. 엄한 아버지와 자식에 대한 기대를 놓지 않았던, 부지런한 어머니, 그리고 일가친척들의 우애 속에서 살았습니다. 조그만 시골 마을에는 병풍 같은 산이 둘러쳐 있고, 저수지가 있고, 동네 한가운데를 가로지르는 냇가 등이 있었는데 이런 다소 단조롭고 살가운 풍경이 내게 준 영향이 적지 않습니다. 제가 살던 마을과 사람들은 그 자체로 내게 삶의 위대한 스승이었습니다. 어린 시절 저는 수줍음 많고 부모와 선생님 말에 절대적으로 순종하는 모범생이었습니다.

제가 상경한 나이는 스물다섯입니다. 아는 분은 아시겠지만 그 당시 저는 졸업을 앞두고 무크지 『민중교육』에 현장 고발 르포 「교사 임용 이대로 좋은가?」라는 글을 올렸다가 블랙리스트에 올라 소망하던 교사에의 꿈이 좌절되어 상경할 수밖에 없었습니다. 이후 '도서출판 어문각' 편집부 직원으로 근무하면서 주소가 긴 서울 생활이 시작되었지요. 사고무친이었던 나의 서울살이는 말의 온전한 의미 그대로 형극의 나날이었습니다. 일을 마치고 어둠이 자리한 지하 셋방에 기어들 때마다 무어라 형용할 수 없는 비애와 좌절감 그리고 전망의 부재를 앓아야 했습니다.

김주대 형의 시 세계를 대략 초기, 중기, 후기 혹은 최근 시기로 크게 나눌 때 많은 평자가 말합니다. 첫 시집인 『선달그믐』으로 대표되는 유년과 고향에 대한 기억의 시절, 도회적 삶의 기록인 시집 『몸에 피는 꽃』을 지나 근원적인 생태적 사유로 무게중심을 옮겨 간 『시간의 그물』과 『위대한 식사』와 『푸른 고집』 등의 시집을 펴낸 중기, 그리고 생활시나 시적 인생론적 연륜이 실린 사색과 죽음의 시편들로 가득한 최근의 시기 등 대략 네 시기를 거쳐 온 시인이라고 말입니다. 이재무 시인의 생을 이렇게 거칠게 나눌 수 있지만 어느 시기든 이재무 시인의 가장 큰 시적 미덕은 체험적 현장성에 있다. 이렇게 말하거든요. 평자들의 이런 시선을 떠나 형 본인의 시각에서 형의 시업의 시기 구분에 대해 말씀해 주실 수 있겠는지요. 그리고 각 시기

별 체험과 시적 특징도 함께 얘기해 주세요.

이재무 평자들의 평가에 대체로 수긍하는 편입니다. 다소 도식적인 분류이긴 하지만 나름의 근거가 없지 않기 때문입니다. 저는 시 작품을 구상하거나 시작에 임할 때 어떤 기획을 가지고 하는 스타일은 아닙니다. 그때마다 세계와 사물에 대한 순간적 감응으로서의 결과가 시로 나타나는 경우가 대부분이기 때문입니다. 그러니까 위에서 언급한 시기 구분도 시작 생활에서의 자연스러운 결과물로 그리된 것이지 어떤 인위적 기획의 산물로 그렇게 된 것은 아니라는 것입니다. 요컨대 내 시적 경향은 내 삶의 궤적을 따라왔을 뿐입니다. 시기별 특징은 김주대 시인이 요약 정리한 것으로 대신하겠습니다.

김주대 평론가 유성호 씨는 형을 '서정의 원리를 충실하게 구현하는 경험과 발견의 언어에 주로 시의 수원水源을 두고 있는 시인'이라고 말하는데요, 특히 시 창작에 있어서 경험을 통한 즉흥적 발상에 대해 좀 더 구체적으로 말씀해 주세요. 기억나는 특별한 시를 가지고 말씀하셔도 좋고요. '시가 온다'는 말이 있는데 정말 시가 옵니까?

이재무 내 시편들은 생활을 우려낸 것들이 많습니다. '생활의 발견'이라 할까요? 저는 생활 속에서 주로 시의 소재를 찾는 편입니다. 그러니까 내 시편들은 내 나날의 일상의 궤도를 크게 벗어난 적이 없습니다.

'시가 온다'는 의미는 무엇일까요? 거창하게 화두나 직관이나 영감이 찾아오는 것을 말하는 것일까요? 저는 그것을 이렇게 말하고 싶습니다. 하나의 중심 이미지, 하나의 중심 메타포가 신의 선물처럼 찾아오는 때가 있는데 이것을 시의 씨앗으로 여겨 소중히 모십니다. 저의 시는 대개가 길 위에서 써진 것들이 많습니다. 전동차나 버스 안에서 혹은 길을 걷다가 우연히 찾아온 이미지나 메타포를 가지고 시의 구상에 들어가는 것이지요.



김주대 두서없는 질문입니다. 2010년 이후 세계 여러 나라를 많이 여행하신 걸로 알고 있습니다. 해외의 문인들도 만나셨고, 또 해외에서 문학 강연도 여러 차례 하셨습니다. 혹시 외국 시인 가운데 특별히 영향을 받은, 혹은 선호하는 시인이 있는지요.

이재무 근자에 들어 외국에 더러 가는 경험을 갖게 되었는데 이 외국 체험이 시에 끼친 영향은 거의 없습니다. 주로 행사 위주로 갔고 행사가 끝나면 여행하는 일정인지라 시상과는 거리가 멀 수밖에 없습니다. 하지만 외국 여행 체험과 무관하게 독서를 통해 영향을 받은 작가 시인이 없지는 않습니다. 시인으로는 베르톨트 브레히트와 파블로 네루다, 소설가로는 밀란 쿤데라, 토마스 만, 톨스토이, 철학자로는 쇼펜하우어, 니체 같은 대가들이 제게 음으로 양으로 영향과 감명을 주었지요.

김주대 형은 저의 강제적 권유로 (웃음) SNS, 특히 페이스북 활동을 하게 되셨습니다. 햇수로 벌써 5년이 넘었더라고요. 페이스북에 시도 발표하시고 정치적 발언도 활발하게 하시던데 그런 활동이 시 창작에 영향을 미쳤다면 어떤 영향을 어떻게 미쳤는지 말씀해 주세요. 왜 이 말씀을 드리느냐 하면요, 저와도 친했던 박영근 시인의 안타까운 죽음이 문득 떠올랐기 때문입니다. 영근 형의 죽음은 사실상 소외로 인한 고독에 바탕을 두고 있거든요. 작가가 자기 생산품인 작품과 그 작품의 근원인 인간으로부터 소외된다고 생각한다면 그가 선 자리가 바로 벼랑 끝이 아닐까 합니다. 페이스북 활동은 고독과 소외로부터 시인을 일정 정도 지켜 주는 발언대나 발표장이 될 것도 같습니다. 술자리보다 페이스북 자리가 더 경제적이기도 하고요.

이재무 페이스북 스타이신 김주대 시인께서는 페이스북으로부터의 도피가 불가능하겠지요? 하하하! 저 역시도 어느 정도는 페이스북에 중독된 것이 사실입니다. 세상 모든 일이 다 그렇지만 페이스북 역시도 양면성 즉, 장단점이 분명하게 존재하지요. 우선 장점으로는 순발력이 장기인 저에게 페이스북은 궁합이 잘 맞는 매체에 속합니다. 순간, 순간 떠오르는 단상들을 지체 없이 올릴 수 있어 망각이나 유실에의 위험을 줄일 수 있다는 점입니다. 그러한 단상들이 시가 되기도 하고 신문에 연재하는 칼럼이 되기도 합니다. 하지만 단점도 적지 않습니다. 너무 많은 시간이 소요되거나 낭비된다는 점입니다. 눈의 피로가 극심해지는 것도 문제이고요. 페이스북을 하다 보니 독서를 소홀히 하는 경향이 있습니다. 자기 절제가 필요한 대목입니다. 쉽지 않은 일이긴 하지만 일정하게 시간을 정해 놓고 활동하는 룰을 가져야 하지 않을까 합니다.

김주대 박영근 시인은 문제적 시인이었습니다. 요즘은 그렇게 생을 세상의 한구석에 온통 던져 버리고 술과 시에 매달리는 훌륭한 (웃음) 시인이 없는 것 같습니다. 저는 가끔 재무 형이 만취했을 때 형에게서 영근 형의 모습을 볼 때가 있어요. 애틋하고 뭉클했습니다. 영근 형과 관련된 에피소드가 있다면…….

이재무 내게서 박영근을 볼 때가 있다는 말은 칭찬으로 들리지 않는군! 하하! 박영근 시인은 시에 대한 열정이 대단했습니다. 그는 삶 자체가 시였다고 해도 과언이 아닙니다. 그는 시대와 생활에 대한 울분도 많았고 이런저런 이유로 슬픔도 눈물도 많았습니다. 몸에 안 맞는 술(두주불사 같았지만 사실은 술에 약했습니다)을 마시고 주사도 부리고 노래도 곧잘 불러 댔지요. 전라도 부안에서 청년기에 상경하여 노동판을 떠돌면서 생긴 우울, 좌절,

절망 등을 노래와 시로 녹여 냈습니다. 80년대와 90년대 나는 그가 죽기 전까지 김정환, 고형렬, 김이구, 이승철, 박철 등과 즐겨 만나 온 사이였습니다. 그에 대해 할 말이 너무 많지만 지면상 다 하지 못하는 게 유감입니다. 그에 대하여는 지난날 산문으로 남긴 게 있습니다. 오늘은 에피소드 하나만 소개하지요. 90년대 초반에 제가 '민족문학작가회의(현 한국작가회의)' 상임 간사로 재직 시 연년생 동생이 비명횡사했다는 소식을 듣고 고향에 내려가 화장한 시신을 계룡산 일대에 뿌리고 돌아왔을 때 그가 나를 위로한답시고 술집에 데려가 제법 비싼 안주에 술을 산 적이 있었습니다. 아무리 말려도 고집을 부려 대더군요. 한판 잘 때려 먹었고 그걸로 좀 위로가 되었습니다. 하지만 음식값은 제가 치러야 했지요. 여리고 순한 성정을 지닌 그의 선한 눈동자가 어제 일인 듯 떠오릅니다. 그는 한마디로 자본주의와는 생리가 전혀 맞지 않은 전근대적 인간이었습니다. 그의 죽음을 나는 광의의 의미로 사회적 타살로 보고 있습니다.

김주대 보통 시인들의 삶을 옆에서 보다 보면 시 따로 생활(삶) 따로일 때가 많습니다. 어느 평자의 말을 빌리면 형은 '일상적 현실을 순간적으로 벗어나 전혀 다른 상상적 거소를 만들어 내면서도, 궁극적으로는 지상에 발 딛고 살아가는 이의 존재 형식을 긍정하는 쪽으로 한결같이 귀착하고 있는 시인'입니다. 시 따로 생활 따로인 시인들과 달리 시적 현실과 생활이 둘이 아닌 지점에 심장을 대고 살아가는 시인, 그게 형입니다. 그 점이 내게 인간 이재무를 형이면서 시의 대선배로 여기게 합니다만.

이재무 과람한 상찬입니다. 저는 삶의 보폭과 시의 보폭이 나란해야 한다는 생각을 시작부터 지금까지 깜냥껏 지켜 오고 있습니다. 특별한 이유는 없습니다. 저는 시 쓰는 일 못지않게 생활을 중요시 여기는 사람입니다. 상경 이후 한 번도 일에서 놓여난 적이 없습니다. 일 때문에 제대로 공부할 수 있는 시간적 여유가 없었던 것도 하나의 이유가 될 것입니다. 늘 시간에 쫓겨 살면서 의무처럼 시를 써 온 것입니다. 지금도 제일 후회가 되는 게 있다면 체계를 갖추고 심도 있게 공부하지 못했다는 점입니다. 솔직하게 말한다면 부족했던 공부를 생활에서 구했다고 보면 됩니다. 내게는 생활이 바로 시라는 생각에서 자유롭지 못했습니다.

김주대 형의 시 중에 「아무르호랑이」라는 시를 읽고 하도 형다워서 한참 웃었습니다. 좀 길지만 한번 낭송해 볼게요.

내가 잠자는 시간에 아무르호랑이가 다녀갈 것이다. 백두대간을 타고 내려와 잠든 내 얼굴을 들여다보며 침을 꼴깍꼴깍 삼키다가 아내가 잠결에 내는 잠꼬대 소리에 놀라 줄행랑칠 것이다. 아무르호랑이는 매일 밤 내 목숨을 노려 천 리, 만 리 길을 내달려 오지만 매번 아내의 코 고는 소리에 놀라 달아날 것이다. 세상에 아내의 잠꼬대나 코 고는 소리를 이겨 낼 맹수는 없을 것이다.

—「아무르호랑이」 전문

김주대　하하하하, 아무르호랑이는 형이 자면서 내는 코 고는 소리일 텐데 형수의 잠꼬대가 형을 깨워 버리는군요. 저는 이 시에서 형의 진솔하면서도 인간적인 면을 읽었어요. 이런 시를 형수에게 보여 주면 어떤 반응을 보이시는지 궁금합니다.

이재무　아내는 제 시의 냉철한 독자이자 비판자입니다. 아내의 정직함 때문에 다툰 적도 있지만 틀리지 않은 지적이기에 받아들이는 편입니다. 아무르호랑이는 아내를 소재로 쓴 시입니다. 아내는 지독한 코골이입니다. 거의 질병 수준이지요. 이 때문에 단체 여행을 꺼릴 정도랍니다. 하지만 저는 크게 불편하지 않습니다. 왜냐고요? 오랫동안 각방을 쓰기 때문입니다. 하하하!

김주대 저는 최근에 낸 형의 시집의 제목 『데스밸리에서 죽다』가 참 좋았어요. 전통적 정서와 인정의 표본인 형과 어울리지 않으면서도 시집을 읽어 보면 또 형과 잘 어울리는 제목이거든요. 책 표지에 "내 지난날의 습기 많은 생을 묻었다. 데스밸리에서 나는 죽은 것이다"라고 밝히고 있더라고요. 그러니까 지난날의 습기 많은 생을 묻고, 묻어 버리고 앞으로는 뽀송뽀송하게 살겠다는 각오를 밝힌 듯도 싶었어요. 죽음이 죽음이 아닌 것이죠. 형이 지었어요? 이번 시집 『데스밸리에서 죽다』에 나오는 여러 시편들 중 한 편을 꼽으라면 어떤 시를 내놓고 싶으신지요?

이재무 죽어야 산다는 부활의 의미로 단 시집 제목입니다. 사실 이 시집 제목은 이시영 선생의 권고를 받아들여 정한 것입니다. 발간을 앞둔 어느 날 페이스북에 제목 후보들을 올려

놓은 적이 있었는데 후보군들이 다들 촌스럽다며 제게 과감하게 기왕의 나다운 스타일에서 벗어나 보라고 강력 권하셨어요. 그래서 고민 끝에 정한 제목입니다. 처음엔 생경했는데 막상 정하고 보니 시집 내용과 상통하는 면이 있더군요. 한 편을 꼽으라니? 참으로 잔인합니다. 한 편을 꼽으니 나머지 시편들이 토라질까 걱정이 듭니다. 시, 「목련」을 들겠습니다. 왜냐하면 내게 상금을 안겨다 준 시편이기 때문입니다.

사회복지사가 다녀가고 겨우내 닫혀 있던 방문이 열리자 방 안 가득 고여 있던 냄새가 왈칵 쏟아져 나왔다 무연고 노인에게는 상주도 문상객도 없었다 울타리 밖 소복한 여인 같은 목련이 조등을 내걸고 한 나흘 소리 없이 울고 있었다

—「목련」 전문

김주대 요즘 시단의 경향에 대해 형은 평소 비판적인 말씀을 많이 하셨어요. 세대 단절, 미래파 이후의 소통 불능, 교감 부족의 경향을 비판하셨거든요. 시단의 스펙트럼이 상

당히 넓어진 데도 이유가 있지 않을까 싶습니다. 문학 패러다임의 대전환기에 나타나는 현상 같기도 하고요. 어떻습니까?

이재무 이런 질문은 매우 위험합니다. 후배들에게 미움을 사기 마련이고 괜한 오해를 사기도 하니 말입니다. 그러나 질문에 응할 수밖에 없는 입장이니 짧게 하겠습니다. 제가 제일 싫어하는 사람들 취향 중 하나가 분재입니다. 분재는 인간 취향과 기호를 위해 나무에 장애를 입히는 행위이기 때문입니다. 언어의 나무가 언어의 분재 때문에 고통스러워하고 있습니다. 새로움을 부정하는 게 아닙니다. 새로움의 강박이 문제인 것이지요. 모든 위대한 예술은 지난 패러다임을 추문화시킬 때 생겨납니다. 하지만 거기에는 필연의 원인과 배경이 존재하여야 합니다. 세계에 대한 개진으로서의 새로움 즉, 갱신의 열망이 전제되지 않고 자의식 없이 유행과 흐름에 편승한다면 그것은 결코 윤리적일 수 없습니다.

김주대 아까 형의 시업의 시기를 거칠게 세 시기로 나누어 봤습니다. 이제 제4의 시기에 접어든 셈인데요, 시인으로서 새로운 시기를 맞이하는 감회를 듣고 싶습니다.

이재무 이번 시집으로 당분간 시작에 어려움이 따를 것이라는 불안한 예감이 듭니다. 지금까지 이루어졌던 시작과는 전혀 다른 새로운 시를 선보이고 싶습니다. 형식과 내용에 구애됨 없이 자유자재한 시를 쓰고 싶습니다. 그러려면 만용에 가까운 용기가 필요할 것입니다. 내 시작 생활에 가장 험난한 시기가 될 것 같습니다. 왜냐하면 지난날의 내 시적 관성과의 이별을 감행하여야 하기 때문입니다.

# 단상

*

시인이란 존재에 대해 생각해 본다. 시인은 생래적으로 불안을 먹고 사는 존재가 아닐까? 평안과 안정 속에 놓일까 봐 불안해하는 존재가 아닐까? 그리하여 불안은 시인의 존재 기반이자, 시의 물적 토대가 아닐까?

*

강에 나가 신의 음성을 들으려 한다. 존재이신 신은 존재자인 강물을 통해 당신의 말씀을 전해 올 것이다. 하늘에 달이 뜬다면 신의 귀라 여겨 이곳 슬픔을 들려주리라!

*

여름 나무에 기대어 나무의 감정을 읽는다. 여름 나무는 제 맘껏 감정을 발산한다. 웃고 울고 성내고 흐느끼고 속삭인다. 여름 나무의 얼굴인 나뭇잎에는 얼마나 많은 나무의 감정이 숨어 있는가. 오늘 저녁 나무는 기분이 좋은 모양이다. 바람의 물결에 몸을 맡긴 채 지느러미처럼 살랑살랑 나뭇잎들을 흔들고 있다. 나무의 기쁨이 내 몸속으로 맑은 소리를 내며 흘러들어 온다.

*

새봄이 오면 만삭의 나무들은 가지를 열어 한 마리, 두 마리, 열 마리, 스무 마리, 백 마리, 천 마리 꾸역꾸역 이파리와 꽃들을 낳고, 밀어내고, 또 낳아 대겠지? 봄에는 온 산야가 산부인과 병동이 된다.

*

코로나는

인간이 낳은 프랑켄슈타인이다/ 숙주는 인간의 무한 욕망이다/ 산과 바다와 강과 늪을 죽이고/ 지구 가족 생명들을 무참히 살상해 온/ 죄의 세월이다/ 모욕과 능멸과 학대를 당해 온/ 자연이 인간에게 던지는 마지막 질문이다/ 발언이다 하소연이다 외침이다 절규다/ 공생과 상생을 저버린 인류에 대한 엄중한 경고다 계엄령이다 선전포고다/ 생활 혁명을 요구하는 최후통첩이다 명령이다/ 이후를 살아 내기 위해 우리는/ 전언을 흘려듣지 말아야 한다/ 방만했던 어제와 오늘을 죽여 검소한/ 내일로 다시 태어나야 한다/ 코로나는 또 다른 시작일 뿐이다

*

봄볕을 쬔다/ 봄볕을 쓴다/ 봄볕을 낀다/ 봄볕을 벤다/ 봄볕을 담는다/ 봄볕을 덮는다/ 봄볕을 입는다/ 봄볕을 바른다/ 봄볕을 마신다/ 봄볕을 삼킨다// 봄볕은 신이 내린 달콤한 선물/ 먹고 마시고 누리면 구원을 얻을 것이다

*

겨울에 들자 산과 들은 색을 내려놓는다. 공들여 짠 색의 직물을 내려놓고 가벼워진다. 온갖 색으로 자신을 물들이다가 흰빛으로 돌아온 사물 앞에서 나도 나를 입고 살아온 색을 한 겹, 두 겹 벗어 놓는다.

*

백제의 큰 강,/ 백마강은 흐를 때보다/ 고여 있을 때가 많더라/ 중앙 오거리 철갑을 두른 채/ 허리에 장검 찬 계백은 땀 뻘뻘 흘리며/ 딱정벌레처럼 느리게 달리는 차들을 굽어보더라/ 시절에 절망한 시인 동엽은 강가에 나가/ 해진 그물로 눈먼 고기들이나 잡고/ 눈물의 시인 용래는 어두운 술청에서/ 저 혼자 훌쩍이며 술잔을 들고

있더라/ 구드래나루터 빈 배들엔 먼지만 쌓여 하염없더라/ 그제나 이제나 유민들은 땅 파서 연명하더라/ 망국의 수도 고읍은 광속의 시간도 에둘러 비껴가더라/ 하늘만이 눈 시리게 높푸르더라

*

나는 우울하다. 누워 있어도 우울하고 앉아 있어도 우울하고 걸을 때에도 우울하다. 책을 읽어도 우울하고 밥을 먹거나 술을 마실 때에도 우울하다. 노래를 불러도 우울하고 사람들을 만나 웃고 떠들 때에도 우울하다. 강의를 할 때도 우울하고 글을 쓸 때도 우울하고 여행을 다녀도 우울하다. 잠을 깨도 우울하고 잠이 들어도 잠 속에서 우울하다. 온종일 우울 속에 갇혀 산다. 그러나 친구들은 모른다. 가족들도 모르고 제자들도 모른다. 내가 불쑥 생을 놓아 버리고 싶은 충동에 시달리고 있다는 것을 그들은 모른다. 명랑하고 쾌활하게 사교하는 나를 두고 매사 긍정적이라 한다.

*

이십 대 막바지로 기억된다. 소설가 현기영 선생님

의 사모님(양정자)께서 어느 날 밤 망원동 소재의 선생 댁 서재에서 고형렬, 박철 시인 등(이시영 선생의 표현으로 망원파)과 함께 술판을 벌이고 있는데 슬그머니 들어오셔서는 그동안 남몰래 써 온 시 백여 편을 주시면서 시집 간행을 부탁해 왔다. 나는 당시 주간으로 있던 출판사(정민사)에서 시집을 내기로 하고 발문을 박완서 선생님께 받기 위해 잠실 가락동 시장 근처의 댁으로 쳐들어갔다. 선생님께서는 생면부지인 내게 알록달록한 사탕 서너 개를 건네며 이것저것을 물어 오셨다. 사탕이 맛있었다. 선생께 사탕을 더 먹고 싶다 하니 몇 개를 더 주시며 낯도 안 가리고 아무러하게 구는 내가 재미있으신지 소녀처럼 깔깔깔 웃으셨다.

달포 뒤에 선생님이 보낸 발문은 이렇게 시작되고 있었다.

> 평생 가도 철이 안 들게 생긴 청년이 찾아와 막무가내로 보채는 바람에 일면식도 없는 시인에 대한 글을 쓴다.

이러구러 세월이 흘러 그때의 귀때기 파란 청년은 귀밑머리 하얀 중노인이 되었다. 올해가 선생이 작고하신 지 십 년이 되는 해이다. 선생님이 영면에 드시기 3년 전

소설가 이경자 누나, 김영현 형, 조선희 등과 함께 넷이서 항주, 소주, 상해 등을 돌아보는 여행을 다녀왔었다.

돌부처가 눈 한 번 감았다 뜨면 천 년 세월이 흐른다는 말이 과장이 아닌가 보다. 우리는 모두 무럭무럭 늙고 있는 중이다.

*

나는 대체로 먹는 것을 꺼리는 편이 아닌데 나이만큼은 할 수만 있다면 먹고 싶지 않다. 십 대, 이십 대에는 한 해에 오 년씩, 십 년씩 나이를 먹고 싶었다. 나는 가난한 데다가 거듭 실패를 안겨 주는 젊은 날이 싫었다. 하루빨리 중년, 장년이 되고 싶었다. 나이를 먹으면 저절로 가난의 굴레를 벗어날 줄 알았다. 그리하여 나는 매년 거르지 않고 나이를 먹어 마침내 노년에 이르게 되었다. 내일이면 예순넷이 된다. 64세! 아, 그런데 이제는 내 앞에 차려진 나이를 물리고 싶다. 하지만 이 나이라는 음식은 먹고 싶지 않다 하여 물리거나 건너뛸 수가 없다. 아주 고약한 음식이다.

*

한국 교회가 신을 죽였다/ 교회는 신의 무덤/ 말씀과 복음 대신 위선과 불신/ 바이러스가 창궐하는 교회/ 한국 교회는 종교 간판을 단/ 악질 기업이고/ 대형 교회 목사들은 수십만/ 소액 주주를 둔 기업 총수들이다/ 독사의 혀로 우중의 신자들을/ 현혹, 고혈 빨아 탕진케 하여/ 축적한 재부를 대물림하며/ 가난한 영혼을 잠식해 온 무리들!/ 저주와 갈라치기로/ 분열을 조장하고 선동질하여/ 나라를 망국에 이르게 한/ 가짜 선지자들!/ 악의 숙주, 악의 소굴, 악의 발원지/ 한국 교회가 신을 죽였다./ 교회는 신의 무덤/ 돈낼루야! 놀랠루야!

*

고故 이영희 선생께서는 『새는 좌우의 날개로 난다』라는 책을 발간한 적이 있습니다. 기우뚱한 균형(카오스모스)이야말로 우리 사회가 지향하여야 할 지점이자 방향인데도 불구하고 우리의 염원과는 반대로 한쪽으로 지나치게 쏠린, 편향된 의식과 이데올로기가 기승을 부리고 있습니다. 이 땅의 현실은 중간을 허용하지 않습니다. 중간에 선 자에게는 양극단에서 돌팔매가 날아옵니다. 그들이 보기에 중간은 곧 기회주의자요 회색분자이기 때문입니다.

언제까지 우리는 이렇게 좌우 양극단에 선 강경 세력들에 의해 삶을 저당 잡힌 채 살아가야 할까요?

내가 몽양 여운형을 그리워하는 이유는 바로 여기에 있습니다. 그는 해방공간에서 좌우합작을 위해 애쓰다가 비극적으로 운명을 달리하셨습니다. 그가 남긴 숙제를 우리는 언제야 풀 수 있는 것일까요? 오늘이 지나면 우리는 또 어제의 '광복절' 아니 '분단절'의 의미를 망각하고 밀어내고 생업을 이유로 나날을 관성적으로 살아 내겠지요?

아래의 시는 선생을 추모하며 쓴 시입니다.

당신을 떠올리면 울컥, 목이 멥니다
우리는 여전히 당신이 살았던
시대의 무지몽매를 살고 있습니다
70년 전 당신은 바람대로
서울 한복판에서 죽음을 맞았습니다
혁명가는 침상에서 죽을 수 없다는
그 말이 칼날이 되어 가슴을 후벼 옵니다

오늘의 혁명가들은 거리 대신
카페에서 기름진 식사를 즐기며 열변을 토합니다
양심이 더 이상 행동하지 않는 세상입니다
당신이 그토록 경계하고 혐오했던
좌우의 대립과 갈등은 더욱 깊어져
서로를 사납게 할퀴고 물어뜯는 중입니다
새는 양 날개로 난다는데
왜 우리는 해방 이후 여전히
한 날개만을 고집하는 것일까요
야만과 광기의 세월
남북 갈등이 낳은 남남 갈등은
나날이 진화하고 있는 중입니다
경상도와 전라도, 자본과 노동, 남과 여와
노와 소, 강북과 강남이 반목하고 갈등합니다
예나 지금이나 중도는 외롭고 서럽습니다
양쪽에서 날아오는 돌팔매를 맞아야 합니다
1945년 8월을 가장 바쁘게 살았던 사내
아아, 몽양 여운형
선생의 꿈이었던 좌우합작은 아직 요원하기만 합니다
하지만 언젠가는 선생의 꿈이
생생한 현실이 되는 날이 올 것입니다
그것만이 우리 민족이 살 길이기 때문입니다
이념을 초월한 자주 통일 국가를 지향했던

선생의 뜻 다시 새기며
숯불처럼 뜨거웠던 푸른 청년으로 돌아갑니다
그날이 오기까지 몽양이시여,
당신은 여전히 우리의 과제입니다.

—졸시, 「아아, 몽양 여운형」 전문

*

빙하기 이전 나무 위에서 살던 인간들이 빙하기가 도래하고 숲이 없어지자 땅으로 내려와 살았듯 코로나 19 이후 인류는 전혀 다른 생활권에서 살아가야 할지 모른다.

차이가 있다면 전자의 변화가 자연발생적인데 비해 후자의 경우는 자신들이 개발한 기술 문명에 스스로가 희생되는 비극이라는 점인데 어쨌든 대재난 이후의 인류는 인지의 지각변동을 경험할 수밖에 없다. 주체와 타자 간의 관계 설정을 포함해 생활의 전 부문과 영역에서 일대 변화가 예상된다.

*

나무 하나가 기침을 하자 나무 둘이 기침을 한다. 나

무 둘이 기침을 하자 나무 셋 넷 다섯 열 스물이 기침을 한다. 길가 도열한 나무들이 온몸을 쥐어짜듯 기침을 할 때마다 간신히 매달린 마른 나뭇잎들이 하나둘 가지를 떠나고 있다. 사람만이 기침을 한다는 생각이 얼마나 오만하냐고 나무들이 혼신을 다해 기침을 한다.

*

아침 한강 산책길에서 한 중노인이 긴 장대 끝에 매단 망을 이용하여 나무 속에 숨어 우는 매미들을 채집하고 있었다.

다가가 저기, 왜 매미들을 잡아요? 물으니 퉁명스럽게 쓰려고요! 하는 거였다. 망태 속에는 벌써 여러 마리가 들어앉은 채 바둥거리고 있었다. 매미가 약재로 쓰이나?

각설하고 그 운 없는 매미들은 십 년 고생이 무위로 돌아가고 말았구나. 짝도 지어 보지 못하고 비명횡사할 매미들이 안타까워 집으로 돌아오는 발길이 내내 무거웠다.

*

하루에도 수십 번 천사가 되었다가 악마가 되었다가 의인이 되었다가 도적이 되었다가 대인이 되었다가 소인배가 되었다가 교사가 되었다가 학생이 되었다가 선비가 되었다가 광대가 되었다가 판관이 되었다가 죄인이 되었다가 소나무가 되었다가 활엽수가 되었다가 나비가 되었다가 파리가 되었다가 붕새가 되었다가 잡새가 되었다가 늑대가 되었다가 개가 되었다가 웃다가 울다가

*

백묵 가루처럼 분분하게 쏟아지는 봄 햇살을 두 손으로 받다가 불쑥 고향 근방의 강경읍 차부에 가 있고 싶다는 충동이 인다.

간이 의자에 누군가 잊고 간 물건처럼 앉아 몇 안 되는 승객을 싣고 뿌옇게 먼지 피우며 떠나는 버스 꽁무니들을 힐끗힐끗 바라보다가 물릴 때쯤 차부를 나와 새우젓 내 진동하는 시장을 배회하다가 골목을 돌아 전봇대가 서 있는, 어느 국숫집 앞에서 틀을 빠져나와 줄에 나란하게 매달려 햇볕에 달구어 가는 소면들을 하염없이 바라보다가

해 질 녘 발걸음을 옮겨 강가를 거닐며 휘파람을 불다가 배가 출출해지면 허름한 식당에 들러 우어회 한 접시 시켜 놓고 농주나 한잔하다 왔으면 좋겠다는 생각이 뜬금없이 드는 것이다.

*

바람이 달고 볕이 좋다./ 산등성이 너럭바위에 옷을 홀라당 벗고/ 누워 자반뒤집기하며 실컷 맨살을 건풍에,/ 햇볕에 골고루 쬐고 싶다./ 바지를 입고 산 날 이후로/ 언제 한 번이라도 햇볕에 속살 쏘인 적 있었나?/ 한나절 온몸을 구석구석 말려/ 북어나 장작처럼 구릿빛으로 짱짱해지면/ 한결 마음도 개운해질 것을!/ 하느님도 보시구서 빙그레 웃을 것이다.

*

1914년 어니스트 섀클턴 경은 범선 인듀어런스호를 타고 남극 횡단 탐험대를 이끌었다. 배는 수개월간 유빙에 갇혔다가 침몰하고 말았다. 탐험대는 작은 보트로 피신하며 보트에 함께 가지고 갈 물건을 신중하게 선택해야 했다. 단 1그램의 무게라도 줄여야 했다. 사냥으로 식량을 구하기 위한 소총, 불을 밝히기 위한 기름, 극지방의 추위를 견디기 위한 모포처럼 생존에 필수적인 물건을 제외하곤 모두 포기해야 했다.

하지만 탐험대는 밴조 한 대를 보트에 실었다.

그들은 이 악기를 연주하며 함께 노래했다. 고독과 절망에 맞서 형제애로 뭉쳐 다 같이 노래한 덕분에 탐험대는 살아남겠다는 희망을 끝까지 지킬 수 있었다.

밴조 한 대의 힘!



*

3월 봄비가 종알종알 구시렁대며 구성지게 내립니다/ 귀에 붐비는 죽은 엄니 잔소리가 정겹습니다/ 땅의 문지방을 기어 나온 새순들이/ 앙증맞게 입 열어 비의 새순들을 따 먹고 있습니다/ 어느 부엌에서인지 흘러나온 아욱국 냄새가/ 자욱하게 번지는 거리에서 나는/ 손 뻗어 비의 살과 비의 소리를 만져 봅니다/ 담벼락 한구석 웅기중기 모여 앉은 비둘기들/ 젖은 날개 털며 구구구 둥근 울음을 낳고/ 수 세기 전 추억이 찾아와 벌써 그날을 잊었느냐고/ 종주먹질해 대는, 하늘에서 비가 걸어오는 봄날입니다.

*

네 살 때 어느 날 나는 위그든 씨의 가게에 혼자 가서 이것저것 사탕을 한참 고르고 나서 버찌씨를 낸다. 위그든 씨는 가만히 내 얼굴을 들여다보다가 거스름돈을 거슬러 준다.

세월이 흘러 나는 결혼 후 열대어 장사를 한다. 어느 날 어린 남매가 값비싼 열대어를 고르더니 겨우 20센트를 내민다. 순간 옛날 위그든 씨가 떠오르고 나는 그때의 위그든 씨처럼 남매에게 거스름돈을 거슬러 준다.

—폴 빌라드

*

공휴일 사무실에 나와 난로를 켜고 커피를 내리고 창문 열어 환기를 시킨 다음 등받이 의자에 앉아 삶아 헹군 국숫발처럼 치렁치렁 흐느적거리며 공중에서 흘러내리는 빗줄기를 하염없이 바라다본다.

'비는 움직이는 비애'라 김수영은 말했지만 자아와 세계와의 합일은 그가 시인이었기에 가능했던 것. 사르트르같이 산문가였다면 불가능했을 것이다.

저 비를 가장 친애하는 감정으로 마중하는 것들은 땅속 구근들일 것이다. 땅의 마룻장을 들썩이는 구근들의 숨소리가 우련하게 들려온다.

*



억지로 사람과의 관계를 맺을 필요가 없다. 사는 데 필요한 인연은 많지 않아도 된다. 만나서 불편한 인연, 도움이 아니라 손해만 안기는 사람은 과감하게 절연하라. 조금은 이기적으로 살아도 좋다. 너를 위해 살지 말고 나를 위해 살아라. 억지 춘향 식으로 착하지 말기 바란다. 이것은 이기주의가 아니다. 늙을수록 혼자 사는 법에 익숙하여라! 하늘의 별들과 굴곡의 강물과 지상의 나무들을 가까이하라! 새로이 인연을 맺으려 애쓰지 말고 맺었던 인연을 갈무리하라! 외롭다고 칭얼대지 마라. 누구나 죽음처럼 외롭게 산다.

*

흔히 생각하는 것처럼 현재가 미래를 구성하는 것이 아니라 현재에 의해 과거가 새롭게 구성된다. 즉, 현재의 내가 보다 내실 있고 가치와 의미 있는 삶을 살아가고 있을 때 과거 또한 가치와 의미를 지니게 된다는 것. 그렇지 않고 그 반대의 경우라면 현재에 의해 과거가 왜소하고 비루해질 수 있다는 뜻이다. 요컨대 과거에 대한 회한이 없으려면 하루, 하루 현재를 잘 살아가야 한다는 말이다.



*

내가 지난날을 포함하여 어제까지 발산한 감정들은 어디에서 어떻게 지내고 있을까? 대개는 발효되어 흐물흐물 녹거나 삭았겠지만 더러는 날카로운 가시로 남아 누군가의 살을 찌르고 있는 것을 아닐까? 생각하면 두려운 일이다.

*

두 가지 돌이 있다. 살아 있는 돌과 죽은 돌. 죽은 돌로는 형상을 만들지 못한다. 살아 있는 돌의 세포에는 극미하게나마 수분이 들어 있다. 죽은 돌은 수분이 육체 밖으로 모조리 증발되어 부식하기 쉽다. 살아 있는 돌은 물의 분자들이 끊임없이 활동하며 자기 완성을 위한 진화를 거듭한다. 바위에 귀를 대고 있으면 두근두근 숨소리를 들을 수 있다. 무정물에도 영성이 있는 것이다.

*

길을 걷다가 참을 수 없이 오줌이 마려워 두리번거리다가 오가는 행인 없는 틈 타 공터 담벼락에 잽싸게 실례를 했다. 나뭇가지에 앉은 새 한 마리가 속살을 몰래 훔쳐보고 있었다. 새는 사람이 아니므로 부끄럽지 않았다. 고관대작들 벌건 대낮이건 깜깜한 밤이건 가리지 않고 온갖 못된 짓 일삼으면서 부끄럼을 모르는 것은 그들 눈에 우리 같은 서민 따위 사람으로 뵈지 않기 때문이리라.

*

누구나 세상을 잘 살기 위한 저마다의 노하우가 있을 것이다. 나의 경우는 다음과 같은 것이다.

첫째, 거절할 줄 알아야 한다.

상대에 대한 지나친 배려로 거절할 줄 모르게 되면 결국 화가 자신에게 미치게 되어 관계가 어긋나게 된다. 거절은 분명한 의사표시다. 우선은 상대가 섭섭할지 모르나 의사에 반해 거듭되는 억지 춘향 식의 행위에 따른 관계의 파탄보다야 훨씬 낫기 때문이다. 거절할 줄 모르는 것은 나쁜 습관이다. 상대로부터 자신에게 끝없는 희생을 요구케 하고 때론 괜한 오해를 불러일으키기 때문이다.

둘째, 혼자 있는 것을 두려워하지 않는 일이다.

외로움을 견디지 못하면 추해질 수가 있다. 외로움은 잘 다스리면 창조의 계기나 동력을 가져다주지만 그것의 노예가 되면 함부로 자기를 드러내 감정을 배설하게 된다. 젊은 날 나는, 나를 너무 흘리고 다녔다. 물론 지금도 나는 이 외로움으로부터의 완전한 자유, 온전한 해방에 이르지는 못했으나 부단히 노력 중이다.

셋째, 누군가의 성공을 부러워하지 않는 일이다.

시기와 질투는 자신의 영혼을 갉아먹을 뿐이다. 또, 타자의 평가에 의해 행과 불행이 결정되지 않는 삶을 사는 일이다. 주체적 존재로 살아가는 삶이야말로 얼마나 떳떳하고 의젓한가. 하지만 이 또한 말처럼 쉬운 일은 아니다. 그러나 나의 행복을 위해서는 극복해야만 하는 과제임에 틀림없다.

*

사무실 창밖 설핏, 작은 새 한 마리 강풍에 휩쓸려 가듯 아슬아슬 날고 있다. 불쑥, 어릴 적 동무였던 굴뚝새들의 안부가 그립다. 삼동내 군내 나는 수직의 동굴 속 드나들며 겨울나기를 하던 그네들은 굴뚝 없는, 춥고 매운 시절을 어찌 견뎌 내고 있을까? 꽁꽁 얼어 빨개진 두 발을 털장갑으로 꼭꼭 싸매 주고 싶은데 여기서 고향까지는 너무 멀다. 집의 영혼인 굴뚝이 사라진 세월, 너희도 나처럼 춥고 어둡게 살아가고 있겠구나!

*

내가 주말마다 산길을 타는 것은 땅속 기운이 내 몸의 뿌리인 발바닥을 타고 육체의 온 기관으로 뻗쳐오르는 신선한 기쁨 때문이다. 시멘트에 무두질당해 온 발바닥의 두꺼운 각질을 뚫고 생살에 와 닿는 물컹한 흙의 감촉은 순간적으로 살맛을 가져다준다. 그렇다는 것은 내가 본래 흙으로 빚어진 영육이라는 것을 산길이 은연중 깨우쳐 주기 때문이리라! 산길은 은혜처럼 청정한 바람과 나무들의 향기와 결 고운 음향의 새소리 등을 거저 선물로 베풀지만 방심하면 언제든 위험을 안겨 주기도 하는 것이어서 매사 성미가 급해 일을 그르치기 일쑤인 나는 산길을 오르거나 내려오면서 신중과 삼가는 지혜를 구하게 된다. 말하자면 산길은 내 생활의 교사인 셈이다.

*

팬데믹의 장기화로 자연 칩거하는 시간이 늘면서 계통 없이 수시로 출몰하는 과거의 파편들을 만나게 된다. 오늘 현재는 오지 않은 미래의 전사이고 지나간 과거의 후사이다. 그러니까 현재는 과거와 미래의 교차로인 셈이다. 현재에 무의도적으로 개입하는 과거의 조각들로 인해 내 삶은 매 순간 다르게 구성된다. 요컨대 출몰하는 과거로 인해 나는 새롭게 구성되어 다시 태어나는 것이다. 이럴 때 과거는 소멸이나 망각이 아니라 생성이나 창조의 원인이 된다.

*

팬데믹 상황이 지속되는 동안 머릿속에 무덤이 한 채 들어선 듯하다. 우울과 권태와 회의와 절망과 죽음과 무의미와 무가치와 무상과 비애와 소멸과 회한과 허무와 환멸과 퇴락과 공허의 감정이 순환 교차하며 일상에 개입하고 있다. 이 폐허의 제국은 언제나 파국을 맞을 것인가? 창밖 하늘조차 회색 커튼을 치고 시야를 흐리고 있다. 나는 이 시대를 묘혈의 시대로 명명한다.



*

누구나 예수나 간디처럼 살 수는 없다. 절대 악을 마주한 상황에서 고담준론을 논하는 일은 적극적으로 참여하고 실천하는 일에 비하면 오히려 쉬운 일에 속할지 모른다. 행동하지 않는 자들의 자기 합리화일 경우도 없지 않다. 양비론은 때로 의도와 다르게 악의 번성에 가담할 때가 있다. 이것은 준열한 자기 성찰과는 맥락을 달리하기 때문이다. 나는 가끔 마하트마 간디보다는 프란츠 파농의 생과 삶이 훨씬 더 생활의 피부에 와닿는다.

*

소면은 끓는 물 속에서 금세 풀어져 낭창낭창 곡선이 되어 포개지면서 결연을 맺는다. 외고집이던 것들이 서로 엉켜 하나가 되는구나, 오, 지난날의 사랑이여, 속풀이여,

한 몸으로 스크럼을 짜 단단하게 얽혀 있는 라면 사리는 끓는 물 속에서 금세 결연을 풀고 따로따로 노는 몸이 되었구나, 오, 너와 나의 쓸쓸한 오늘이여, 가혹한 생활이여,

*

비트겐슈타인에 의하면 우리의 경우 개혁 세력과 기득권 세력 간의 갈등과 충돌은 생활 형태의 차이에 따른 것이고 이것은 곧 언어 게임(언어를 사용하는 규칙)의 차이가 가져온 결과라 볼 수 있다.

예컨대 자유와 평등에 대한 두 집단의 이해는 전혀 다르다. 두 집단 간 생활 형태가 다르기 때문이다. 충돌과 대립은 피할 수 없다.

요컨대 지금 대한민국은 생활 형태 간의 갈등 즉, 언어 게임 간의 충돌이라는 국면에 처해 있는 것이다. 언어 게임은 생활 형태의 일부이기 때문이다.

이런 면에서 언어적 실천을 강조한 비트겐슈타인은 인간은 사회적 관계의 총합(실천을 진리의 근본이요, 중심축으로 보았던)이라 규정했던 마르크스 정신을 승계한 철학자라 할 수 있다.



*

한겨울 늪은 투명하다. 한파에 얼어붙은 은빛 수면이 햇살을 튕길 때 그것은 얼마나 찬란하도록 눈에 부신가? 그러나 저 두꺼운 얼음장 아래 물고기 한 마리 살지 못하는 진흙 바닥에는 우리가 지난날 버려 온, 눈에 띄지 않는 온갖 쓰레기들이 고여 썩고 있다는 것을 우리는 종종 잊고 산다.

삶의 추문은 맹목적 추종에서 온다. 모든 창조는 파괴로부터 시작된다. 재앙의 민족적 연속성을 단절시키자!

*

일요일 새벽 세 시까지 잠이 오지 않아 전전반측하다가 목이 타서 게으르게 일어나 주방으로 나가 냉장고를 여니 빨간 딱지 소주 4홉이 눈에 띄었다. 아내가 생선 조리 때 비린내를 없앨 용도로 사다 놓은 것이었다. 잠시 망설이다가 들고 들어와 구워 놓은 고구마를 안주로 마셨다. 새벽 네 시에 만취 상태로 잠이 들었다가 일어나 보니 낮 열두 시였다. 생선찌개로 아점을 먹고 침대에 다시 누워 자다 깨다를 반복하면서 오후를 보냈다. 일상의 시간표를 바꾸니 하루가 순식간에 지나갔다. 가까운 미래에 일에서 놓여나면 이렇게 나날을 보내는 것도 좋겠다. 카프카의 『변신』에 나오는 그레고르 잠자같이 나도 한 마리 벌레로 살다가 어느 날 가족에게 버려지리라. 그러면 식구들은 잠자 가족이 그러했듯 나를 장지에 묻고 돌아와 소풍을 가겠지.

*

아내는 평생 교직에 몸담고 살다가 재작년 명예퇴직했다. 그동안 맞벌이가 살림에 보탬이 된 건 사실이다. 그러나 천성이 게으른 데다가 몸에 병을 달고 사는 저질 체질이라 집안일은 온전히 내 몫이었다. 5대 장손으로 자라는 동안 손에 물 한 번 묻히지 않고 살다가 그 죄과인지 결혼 후 몸에 물 묻히고 살게 된 것이다. 그러니까 나는 의도와 상관없이 생활 속에서 절로 페미니스트로 살게 된 셈이다. 이 무슨 팔자소관인 줄 모르겠다. 그런 관계로 우리 집은 여자들이 흔히 하는 잔소리를 내가 할 때가 많다. 옷 좀 아무 데나 벗어 놓지 마라, 쓰레기는 버릴 때 아예 분리수거해서 버려라, 티브이 안 볼 때는 끄고, 집을 비울 때는 소등해라, 설거지는 그릇만 닦는 게 아니다, 버리는 사람 따로 있고 치우는 사람 따로 있냐? 등등.



결혼 후 어디 멀리 나가 있다가 집에 들어오면 쉬기도 전에 집안일부터 하는 버릇도 생겼다. 나는 젠더 차원에서는 여자인 셈이다. 오늘도 늦게 일어나 아점 먹기 바쁘게 자리 털고 일어나 자꾸 칭얼대는 아픈 허리를 어르고 달래며 집안일을 두어 시간이나 해치우고 나서 잠시 쉬는 참이다. 아이고, 허리야, 다음 생은 천성이 게으른 여자로 태어나 살고 싶다.

*

오해 없기를,/ 난 지금껏 남을 위해 산 적이 없다/ 나 하나의 삶을 추스르기도 벅찼음으로/ 내 일에 골몰하며 살아왔다/ 그래서인지 이타적인 사람들에게/ 가끔 질투가 나기도 한다/ 하지만 앞으로도 나는 남을 위해 살/ 생각이 없다(그런 일은 천부에 속한 일이고 학습으로는 불가능하다)/ 다만 사는 동안 남에게/ 피해는 입히지 않으려 애쓸 것이다/ 혹자는 말하리라/ 당신의 페이스북과 지면에서의 정의감은/ 누굴 위해 쓴 것이냐고?/ 나를 위해서다/ 촛불도 나를 위해서 들었던 것,/ 이건 이기주의와는 다른 것이다/ 난 앞으로도 말하고 행동할 것이다/ 나를 위해 나를 위해하는 것들과/ 싸우겠다/ 그게 민주주의,/ 상식이고 정의다

*

나는 왜 나이가 들어도/ 천방지축, 철이 들지 않는 것일까?/ 나는 내가 한심할 때가 많다/ 진중, 신중하지 못하고/ 사려와는 거리가 멀고/ 과장 벽이 있고/ 매사 덤벙대며 참지 못해/ 흥분하여 욱하고 버럭, 하는 것일까?/ 거기다 변덕이 심하고 질투,/ 시샘이 있고 울증까지/ 유전적 형질은/ 학습으로 변경이 어렵고 버겁구나/ 나쁜 피를 물려받은 것이다/ 나는 차분하고 이성적이며/ 품격을 갖춘 네가 부럽다

*

냇가 돌 하나를 가져와 깨끗이 닦고 기름칠한 후 거실 벽 걸대 위에 걸어 놓는다. 냇가에 놓여 있을 때 이 돌은 하나의 사물이었으나 거실 벽에 놓이게 되자 훌륭한 장식이 되었다. 만약 우연한 경로로 이 돌이 박물관에 놓이게 되면 어떻게 될까? 그때부터 이 돌은 전시 예술품이 되어 사람들의 주목을 끌게 될 것이다. 이처럼 사물의 의미와 가치는 프레임에 의해 결정된다. 사람의 경우는 어떤가? 사람에 대한 평가 역시 통념과 편견의 지배를 받는다. 예술이란 일종의 프레임과의 싸움이다. 이 싸움은 지난하고 외롭다. 이것이 내가 타성에 젖어 행복한 예술가에 믿음을 주지 않는 이유다.

*

책을 읽다가 고독도 능력이란 말을 만났다/ 밑줄을 그었다/ 톨스토이 장편 『안나 카레니나』에는/ 서술자가 안나 카레니나의 웃음에 대해/ 그녀는 웃는 능력을 지녔다라고 쓴 문장이 나온다/ 그렇다 고독도 웃음도 능력이 있어야 가능하다/ 고독은 자유를 사는 일만큼 어렵고/ 때 묻지 않은, 순수 결정체로서의 웃음도/ 능력이 없으면 불가능하다

*

5월 초순 정오, 이촌역 개찰구를 향해 걷는 중이었어요. 낯선 중년 여인이 나를 불러 세웠습니다. 의아해하는 나를 향해 다가온 여인은 내 어깨 위에 내려앉은 비듬을 털며 수줍게 웃었습니다. 이러고 다니면 남들이 흉봐요. 나는 인사도 잊은 채 총총 멀어지는 여인의 뒷모습을 바라보았습니다. 부끄러움으로 얼굴이 무쇠 난로처럼 달아올랐지만 추운 겨울날 온탕에 든 듯 몸이 따뜻해졌습니다.

지난 일요일 집 앞 공원을 산책 중일 때였습니다. 생면부지의 늙수레한 여인이 나를 힐끗 바라보며 욕설을 퍼부었습니다. 죽여 버릴 거야, 죽여 버릴 거야. 곧 불이라도 쏟아져 나올 듯 벌겋게 충혈된 눈으로 나를 쏘아보는 여인이 섬찟하여 온몸에 소름이 돋았습니다. 한 무더기 욕설을 배설하고 총총 사라지는 여인을 바라보며 나는 까닭 없이 무섭고 죄스러워 순간 요철 심한 일평생을 떠올렸습니다.

*

모범이란 말은 얼마나 불순한가./ 모범생, 모범 시

민이란 말/ 속에는 저열한 의도가 숨어 있다네./ 태어나기 전부터 생겨난/ 온갖 풍습과 이념과 규율과 도덕과 제도를/ 배우고 익히며 우리는 길들여져 왔네./ 착한, 바른 생활이 노예를 만든다네./ 학교는 가축 훈련장, 상장과 상패는/ 노예에게 주는 위로와 격려라네./ 보라, 우수한 성적으로 출세한 노예들이/ 낙오한 노예들을 훈육하며 다스리는/ 자본의 나라가 만든 기호를 섭취하며/ 의무와 당위로 살아온 존재들./ 주인으로 살아 보지 못한 양명한 노예들의/ 으스대는, 저 거만한 얼굴들을!



*

낮에 저지른 잘못/ 밤까지 잊히지 않아/ 잠 못 이루며 나 같은 것도/ 과연 사람인가?/ 의문으로 괴로울 때 웃옷,/ 속옷을 들추고 들여다본다/ 있다/ 누구와도 닮지 않은 단 하나의 배꼽/ 사람이 맞다/ 사람만이 배꼽을 지니고 산다/ 다시 살아 보자고 어금니를 깨문다

*

왈칵, 불쑥, 울컥 같은 부사에 자주 생의 멱살이 잡히곤 한다. 이 부사어들은 힘이 세다. 불시에 쳐들어와

평정심을 흔들어 댄다. 그러니까 내면의 동요가 먼저 있고 나서 사후에 찾아오는 게 아니라 먼저 단어의 내습이 있고 나서 심리적 흔들림이 시작되는 것이다. 이 부사어들은 매우 공격적이다. 수식을 위해 태어난 주제에 상전 노릇을 하려 든다.

*

빈 공간에도 소리가 있다네./ 그걸 룸톤이라고 하지./ 모든 공간은 제각기 고유한 소리를 가지고 있네./ 공간 안에 놓인 사물들의 위치에 따라 룸톤이 달라진다네./ 일종의 무음./ 무음도 소리인 게지./ 의식으로는 들을 수 없지만 무의식으로 느낄 수 있는 소리./ 침묵은 그런 상태에서나 가능하다네.

*

아내가 강화도 농막에서 지내고 있는 바람에 일주일째 혼자서 생활하고 있다. 5시에 기상해 한강 변으로 나가 두 시간 걷고 돌아와 쌀 씻어 안치고 참치 통조림을 따 묵은 김치에 넣고 찌개를 끓이는 한편 집 안 청소를 하고 빨래까지 해 널고 난 뒤 늦은 아침을 먹었다. 혼자서 살아도 불편하지 않은 지 오래되었다. 다만 왈칵 찾아오는 정체 모를 외로움만 아니라면 이 생활도 나쁘지 않다고 생각한다. 오늘은 일요일이니 게으름을 피워도 괜찮다. 좀 누웠다가 일어나 양치질, 세안을 하고 나서 책이나 읽어 볼까? 잡생각이나 더 할까? 밖에서는 또 구성지게 빗소리가 들려오는구나! 아무리 비가 꼬셔도 혼술은 참자. 지난주 적량을 넘게 마셨으니!

*

쇼펜하우어는 인간이란 욕망과 권태 사이를 오락가락하는 존재라 했는데 이 말에 기대어 요즘의 내 심정을 고백한다면 권태 쪽으로 생의 시계추가 기운 것 같다. 무엇에도 흥미와 관심을 가질 수 없고 사는 게 마냥 무료하기만 할 뿐 신명이 나지 않는다. 약동하는 계절인 봄의 예민한 촉수가 몸의 감각을 클릭해 와도 일탈에의 충동이나 탈주에의 욕망이 일지 않는다. 분명 위기다. 긴 터널의 입구에 들어선 것이다.

*

진정한 시라면 행간에서 눈물의 울부짖음을 느낄 수

있어야 한다. 뜨거운 분노와 깊은 침묵과 들끓는 소란이 들어 있지 않다면 그것은 시가 아니다.

*

화창한 봄날 산책 속으로 불쑥 뛰어드는 얼굴들// 박영근이는 낮술에 취해 탁자 두드리며 뽕짝 부르고 있을까(이 친구는 고장 난 레코드처럼 노래의 첫 소절만을 반복하는 버릇이 있다)?/ 김남주 선배는 극장 카바레 여인을 찾고 있을까?/ 이문구 선생은 아직도 너무 오래 걷고 계실까?/ 박찬 선배는 앞머리 두어 가닥 물들이고 스카프 목에 두른 채 작업 중일까?/ 김이구는 노래방에서 기계처럼 고음 불가의 노래 부르고 있을까?/ 정영상 형은 한밤중 혼술 마시고 울면서 여기저기 전화질일까?/ 문인수 선생은 허리에 전대 차고 우주를 여행 중일까?// 외롭고 높고 쓸쓸하게 살다 간 사람들,/ 눈 감으면 보이는 추억들 아득하구나!

*

번번이 생각을 놓친다. 놓친 생각을 주워 주머니에 넣는다. 그러나 집에 돌아와 아무리 뒤져 보아도 찾을 수 없다. 내가 흘린 생각은 어디에서 무얼 하고 있을까?

좋은 시란 무엇인가

# 좋은 시란 무엇인가

1.

인간 이재무는 아버지 이관범과 어머니 안종금 사이에
서 태어난 육 남매 중 장남이다.

이재무는 시를 쓰고 출판 일을 하는 사람으로서 지금
사무실에 와 있다.

하나의 '이다'와 수백 개의 '있다'로 구성된 존재가 지
금의 '나'이다.

—이재무, 「실존주의」 전문



과학이 사실을 통해 진실을 구현하는 학문이라면 문
학은 상상, 공상, 환상, 경험의 굴절 등을 통해 진실에
이르는 장르라 할 수 있다. 그러므로 문학은 자신의 현
실 경험을 질료로 삼을지라도 그 현실 경험을 있는 그
대로 재현해서는 보편적 감동과 진실에 이를 수 없다.

우리가 문학을 하는 이유는 인간의 실존적 구원을 위
해서이다. 아무리 첨단 과학이 발전한다 하더라도 인간

실존과 관련된 제 문제 이를테면 삶과 죽음, 그리움과 기다림, 슬픔과 기쁨, 우울과 권태 등을 그것은 다룰 수 없다. 이와 같은 인간 실존을 둘러싼 질의와 응답은 오로지 인문학, 그 가운데에서도 문학을 통해서만 규명될 수 있고 해결의 실마리를 찾을 수 있다. 이러한 이유 때문에 최첨단 디지털 기술 문명 시대에도 우리는 문학 행위를 멈출 수가 없는 것이다.

그렇다면 인간 실존이란 무엇인가? 거칠게 추상화시켜 말한다면 그것은 하나의 '이다'와 무수한 '있다'로 구성된 무엇이라 할 수 있다. 가령 현재의 '나'는 누구, 누구 사이에 난 몇 남매의 몇째 '이다'와 태어날 적부터 지금까지 무수하게 경험된 '있다'의 행위들(집에 있다, 학교에 있다, 시장에 있다, 교회에 있다, 차 안에 있다, 들에 있다, 산에 있다, 강에 있다, 바다에 있다, 외국에 있다, 광장에 있다, 거리에 있다, 부엌에 있다 등등)을 통해 구성되기 때문이다. 이 세상에 이 하나의 '이다'와 무수한 '있다'를 벗어날 존재란 없다.

문학 행위란 바로 이 '이다'와 무수한 '있다'로 구성된 인간 실존의 문제를 언어를 매개 수단으로 하여 다루는 행위라 할 수 있다. 문학의 하위 장르인 시문학 역시 예외일 수 없다. 다만 하위 장르들은 저마다 나름의 '룰'을 지니고 있는데 시문학에서는 이 '룰'을 시의 구성 요소라 한다. 그러니까 시작 행위는 이 구성 요소들 예컨대 이미지, 비유, 리듬, 상징, 반어, 알레고리, 역설, 어조, 시점과 거리, 화자, 인유와 패러디, 구성 등을 통해 자신의 생각이나 느낌을 간접적 혹은 우회적으로 전달하는 방식이라 말할 수 있다.

인생에 정답이 없듯이 시에도 정답이 있을 수 없다. 시문학처럼 스펙트럼이 넓은 장르도 없을 것이다. 따라서 시에 대한 기호와 취향은 얼마든지 다를 수밖에 없다. "모든 좋은 시는 저마다의 방식으로 빛나고 있는 것"(유종호 평론가)이다. 시의 정의는 시인들 수만큼이나 많을 수밖에 없다. 그래서 엘리엇은 "시에 관한 정의의 역사는 오류의 역사"라고 말했다.

본래 과학에서의 패러다임은 절대적, 객관적 진리가 아니었다. 그것은 당 시대 사회 구성원들의 합의에 의해 기초된 것으로서 상대적이고 주관적인 것이었다. 이 말은 절대 불변의 패러다임은 있을 수 없다는 말이다. 시대에 따라 사회적 구성원들의 합의가 달라지면 패러다임도 얼마든지 달라질 수 있다는 것이다. 과학에서조차 이러할진대 하물며 절대성보다는 상대성을 중요하게 여기는 인문학에서야 말해 무엇 하랴.

패러다임이나 에피스테메의 역사처럼 좋은 시의 요건도 시대의 부침을 겪는다. 어느 시대이건 묵시적 합의에 의해 좋은 시와 그렇지 않은 시로 나누어지는 것이다. 물론 앞서 말한 것처럼 어떤 시에 대한 공준이 있어 그것이 명료하게 주어지고 결정되는 것은 아니다.

필자는 이러한 내용을 전제로 하여 좋은 시의 요건 몇 가지를 제시하고자 한다.

**첫째, 언어의 전이가 들어 있을 것.**
**둘째, 공감각적 표현이 들어 있을 것.**
**셋째, 구체적 묘사가 들어 있을 것.**

물론 이 밖에 다른 시의 구성 요소가 시 창작 실제에 창의적으로 활용될 때 좋은 시의 조건을 충족했다고 볼 수 있다.

하지만 구태여 이 세 가지만을 특별히 강조한 것은 이 세 가지의 경우가 다른 것들에 비해 더욱 깊게 시적인 사유와 상상력에 결부되어 있다고 보여지기 때문이다. 물론 이것은 어디까지나 시에 대한 필자의 기호와 취향의 반영으로 보아 무방하다.

## 언어의 전이란 무엇인가?

언어의 전이는 언어의 옮겨 놓기를 말한다. 언어의 옮겨 놓기는 시적 기능이다. 그런데 이러한 언어의 옮겨 놓기는 문학에서만 작용하는 기능이 아니다. 가령 "그가 떴다 하면 반드시 사고가 발생한다." "이 옷 빛깔은 좀 튀잖니?"에서처럼 일반 언어에서도 나타난다. '뜨다'는 원래 해와 달의 서술어로 쓰이는데 이것이 사람으로 옮겨 간 경우이고, '튀다'는 공이나 콩의 서술어로 쓰이는데 옷으로 옮겨진 경우이다.

이것은 언어가 원래의 사물에 쓰이지 않고 다른 사물로 옮겨 가는 것으로 복잡한 삶을 언어가 따라잡지 못하는 언어의 빈곤을 반영한 것이다. 그런데 좋은 시란 바로 이러한 언어의 전이가 시행 속에서 구체적으로 실현될 때 나타난다. 몇몇 사례를 알아보자.

나비가 순식간에
째크나이프처럼
날개를 접었다 펼쳤다

도대체 그에게는 삶에서의 도망이란 없다

다만 꽃에서 꽃으로
유유히 흘러 다닐 뿐인데,

수많은 눈이 지켜보는
환한 대낮에
나비는 꽃에서 지갑을 훔쳐 내었다

—송찬호, 「나비」 전문

다가서지 마라
눈과 코는 벌써 돌아가고
마지막 흔적만 남은 석불 한 분
지금 막 완성을 꾀하고 있다
부처를 버리고
다시 돌이 되고 있다
어느 인연의 시간이
눈과 코를 새긴 후
여기는 천 년 인각사 뜨락
부처의 감옥은 깊고 성스러웠다
다시 한 송이 돌로 돌아가는
자연 앞에
시간은 아무 데도 없다
부질없이 두 손 모으지 마라
완성이라는 말도

다만 저 멀리 비켜서거라

—문정희, 「돌아가는 길」 전문

김천의료원 6인실 302호에 산소마스크를 쓰고 암 투병 중인 그녀가 누워 있다

바닥에 바짝 엎드린 가재미처럼 그녀가 누워 있다

나는 그녀의 옆에 나란히 한 마리 가재미로 눕는다

가재미가 가재미에게 눈길을 건네자 그녀가 울컥 눈물을 쏟아 낸다

한쪽 눈이 다른 한쪽 눈으로 옮아 붙은 야윈 그녀가 운다

그녀는 죽음만을 보고 있고 나는 그녀가 살아온 파랑 같은 날들을 보고 있다

좌우를 흔들며 살던 그녀의 물속 삶을 나는 떠올린다

그녀의 오솔길이며 그 길에 돋아나던 대낮의 뻐꾸기 소리며

가늘은 국수를 삶던 저녁이며 흙담조차 없었던 그녀 누대의 가계를 떠올린다

두 다리는 서서히 멀어져 가랑이지고

폭설을 견디지 못하는 나뭇가지처럼 등뼈가 구부정해지던 그 겨울 어느 날을 생각한다

그녀의 숨소리가 느릅나무 껍질처럼 점점 거칠어진다

나는 그녀가 죽음 바깥의 세상을 이제 볼 수 없다는 것을 안다

한쪽 눈이 다른 쪽 눈으로 캄캄하게 쏠려 버렸다는 것을 안다

나는 다만 좌우를 흔들며 헤엄쳐 가 그녀의 물속에 나란히 눕는다

산소호흡기로 들이마신 물을 마른 내 몸 위에 그녀가 가만히 적셔 준다

—문태준, 「가재미」 전문

막차는 좀처럼 오지 않았다
대합실 밖에는 밤새 송이눈이 쌓이고
흰 보라 수수꽃 눈 시린 유리창마다
톱밥 난로가 지펴지고 있었다
그믐처럼 몇은 졸고
몇은 감기에 쿨럭이고
그리웠던 순간들을 생각하며 나는
한 줌의 톱밥을 불빛 속에 던져 주었다
내면 깊숙이 할 말들은 가득해도
청색의 손바닥을 불빛 속에 적셔 두고
모두들 아무 말도 하지 않았다
산다는 것이 때론 술에 취한 듯
한 두름의 굴비 한 광주리의 사과를
만지작거리며 귀향하는 기분으로
침묵해야 한다는 것을

모두들 알고 있었다
오래 앓은 기침 소리와
쓴 약 같은 입술 담배 연기 속에서
싸륵싸륵 눈꽃은 쌓이고
그래 지금은 모두들
눈꽃의 화음에 귀를 적신다
자정 넘으면
낯설음도 뼈아픔도 다 설원인데
단풍잎 같은 몇 잎의 차창을 달고
밤 열차는 또 어디로 흘러가는지
그리웠던 순간들을 호명하며 나는
한 줌의 눈물을 불빛 속에 던져 주었다

—곽재구, 「사평역에서」 전문

인용 구절들 속에서 '나비가 흘러 다니다' '한 송이 돌' '돋아나던 뻐꾸기 소리' '불빛에 젖은 손바닥' '밤 열차가 흘러간다' 등은 모두 언어가 원래의 사물에 쓰이지 않고 다른 사물에 옮겨 간 시행들이다. 이러한 시행들이 들어 있어 이 시편들은 독자들의 각별한 주목을 끌게 된 것이다.

## 공감각

공감각은 동시 감각의 속성을 지니며, 어떤 감각에 자극이 주어졌을 때, 다른 영역의 감각을 불러일으키는 감각의 전이 현상을 말한다. 즉 한 감각이 다른 감각을 유발하는 것이다. '감각 전이' '감각유추'라고도 한다. 본래 시각, 청각, 미각, 후각, 촉각 등 감각 인상의 종류와 그 원인이 되는 물리적 자극은 1대 1로 대응한다. 하지만 때로는 감각 영역의 경계를 넘어선 감각 현상이 발생하는데 이를 공감각이라 한다.



올여름엔 시골집에 내려가
개구리 울음
실컷 듣다가 오고 싶다

다 늦은 저녁 마당에 멍석이 깔리고
두레 밥상에 식구들 둘러앉으면
밥상머리에 겁 없이 뛰어들던 소리
된장국에도 물김치에도 물그릇에도
둥둥, 참외같이 노랗게 떠 있던 소리
마실 길에 지천으로 깔리던
울음소리 논둑 미루나무 가지에도 우물 옆 팽나무
가지에도 주렁주렁 열리던 소리

이슥한 밤 소등한 마을
하늘의 별처럼 반짝이던 소리
툭툭, 발길에 채여
아무렇게나 나뒹굴던,
어느 날엔 꿈속까지 뛰어들던 소리

뜰팡 벗어 놓은 신발 속에 눈물처럼 고이던
개구리 울음

—이재무, 「울음소리」 전문

이 시에서는 개구리 울음소리가 여러 사물에 비치는 형상을 그리고 있다. 즉 청각의 시각화가 이루어진 경우이다. 좋은 시는 읽는 즉시 시의 전경화가 이루어진다. 시는 언어로 그린 그림인 것이다.

### 구체적 묘사

묘사란 언어에 의해 사물의 현상을 전달하며, 물체의 독특한 행위와 인상을 감각적으로 표현하고 기술적, 의도적으로 그려 나타내는 양식이다. 모든 사물에는 그 사물이 지니고 있는 독특한 특징이 있으므로 그 특징의 인상을 관찰하여 이를 근접하게 표현하는 기술이 필요하다. 사물의 모양, 환경, 색채, 비교, 위치, 소리, 감촉, 관계 등에 의해 겉으로 드러나는 인상을 기술하고 내면의 변화를 찾아내 감정의 적절한 환경을 그려 내는 심리적 양상도 포함될 수 있다.

낙엽은 폴란드 망명정부의 지폐
포화에 이지러진
도룬시의 가을 하늘을 생각게 한다.
길은 한 줄기 구겨진 넥타이처럼 풀어져
일광의 폭포 속으로 사라지고
조그만 담배 연기를 내뿜으며
새로 두 시의 급행열차가 들을 달린다.
포플라나무의 근골 사이로
공장의 지붕은 흰 이빨을 드러낸 채
한 가닥 구부러진 철책이 바람에 나부끼고
그 위에 셀로판지로 만든 구름이 하나.
자욱한 풀벌레 소리 발길로 차며
호올로 황량한 생각 버릴 곳 없어
허공에 띄우는 돌팔매 하나.
기울어진 풍경의 장막 저쪽에
고독한 반원을 긋고 잠기어 간다.

—김광균, 「추일서정」 전문

이 시는 감정의 적절한 환경을 그려 내는 데 성공하고 있다. 사실 이 시에서 말하고자 하는 내용은 거창한 게 아니다. 시적 주체가 가을을 맞이하여 뭐라 말할 수 없는 인간적 비애와 쓸쓸함에 젖는다는 진술에 불과하다.

그러나 그 공허한 내면세계를 직접적으로 언술하면 시가 되지 않으므로 시적인 구성 요소 즉 비유와 이미지를 동원하여 그림(형상화)을 통해 보여 주고 있다. 시 쓰기의 능력 가운데 빼놓을 수 없는 것이 바로 이 묘사 능력이다. 이는 타고날 수도 있지만 학습을 통해 키워 나갈 수도 있다. 이밖에도 시에서 요구하는 것은 무수히 많다. 하지만 필자는 지면상 이 세 가지 방법만을 특별히 강조하였다.

2.

시는 '무엇'보다는 '어떻게'를 중시하는 장르이다. 요컨대 기의보다는 기표 우위의 장르가 시인 것이다. 그러므로 시인은 모름지기 설명에 의존하려는 욕구에서 벗어나 미학적으로 긴장감 있는 시적 표현을 구사하여야 한다. 그러려면 시의 구성 요소를 창의적으로 활용할 수 있어야 한다. 대상과 세계에 대한 새로운 인식도 새로운 시적 표현을 동원하지 않는다면 도로에 그칠 공산이 크다. 아니다. 새로운 인식과 새로운 시적 표현은 각각 선후로 오는 것이 아니라 동시에 온다. 즉, 새로운 표현이 새로운 인식이고, 새로운 인식이 새로운 표현인 것이다. 표현과 인식은 한 몸이다.

시만큼 취향과 기호의 스펙트럼이 넓은 장르도 없을 것이다. 저마다 좋아하는 시편이 다른 것은 이 때문이다. 이것은 세계와 대상에 대한 인식 차이에 따른 것이다. 인식 차이는 저마다의 유전적 형질, 계급, 지역, 성별, 세대, 경험의 총체 등의 요소에 의해 결정된다. 그런데 이러한 인식 차이가 문채(文彩/文綵)를 결정짓는다.

즉, 어떤 대상이나 세계에 대한 동일한 인식이 장식적 수사의 차이로 인해 다른 문채로 나타나는 것이 아니라 어떤 대상이나 세계에 대한 인식(세계관, 가치관, 역사관의 차이)의 차이가 다른 문채로 나타나는 것이다. 따라서 문채는 곧 그 사람이라 말할 수 있다.

문학(시)에 대한 취향이나 기호가 다른 것은 저마다의 세계관, 인생관, 역사관이 다르기 때문이다. 따라서 취향이나 기호에 대한 차별과 억압은 개별 주체자의 세계나 대상에 대한 인식(세계관, 가치관, 역사관)을 차별하거나 억압하는 야만 행위라 할 수 있다.

그럼에도 불구하고 사물과 세계에 대한 인식의 차이에 따른 천차만별의 취향이나 기호의 실현이 당대의 패러다임이나 에피스테메의 자장 안에서 작동된다는 것을 부인하기 힘들다. 이 말은 아무리 스펙트럼이 넓은 시 장르라 할지라도 그 시대가 요구하는 묵시적인 합의가 있게 마련이고, 좋은 시란 이러한 범주 안에 자리하고 있다는 뜻이다. 즉, 누구도 에피스테메의 범주 바깥에서 활동하기가 용이치 않다는 말이다.

이와 같은 전제 속에서 나는 좋은 시의 요건 몇 가지를 제시하고자 한다.

**첫째, 좋은 시는 발견의 미학이 들어 있어야 한다.** 발견이란 감각이나 현상 너머의 이면적 진실을 포착하는 행위 속에서 이루어진다.

> 성당의 종소리 끝없이 울려 퍼진다
> 저 소리 뒤편에는
> 무수한 기도문이 박혀 있을 것이다

백화점 마네킹 앞모습이 화려하다
저 모습 뒤편에는
무수한 시침이 꽂혀 있을 것이다

뒤편이 없다면 생의 곡선도 없을 것이다

—천양희, 「뒤편」 전문

종소리 뒤편의 기도문, 화려한 마네킹 뒤편의 시침을 보는 시인의 시선이 깊다. 현상 너머의 이면적 진실이 우리를 아프게 한다. 이미지와 실체가 언제나 일치하는 것은 아니다. 예컨대 일부 정치인들이나 연예인들의 일탈 행위 속에서 우리는 표리부동의 진실을 확인할 때가 있다. 종소리가 우리에게 위안을 줄 수 있는 것은 침묵을 우려냈기 때문이다. 시시때때로 종소리가 울린다면 그것은 소음에 지나지 않을 것이다. 종소리가 공중에 파문을 내며 번지어 가다가 꽃을 만나면 웃음을, 풀과 나무를 만나면 푸름을 피워 낸다.

환하고 둥글고 푸른 종소리. 하지만 그 종소리 뒤편에는 결핍과 부재를 앓는 누군가의 간절한 기구가 있다는 사실을 이 시는 우리에게 전하고 있다. 마지막 연의 잠언은 현상 너머의 진실을 읽어 냈기에 가능한 언술이다.

**둘째, 좋은 시란 '낯설게 하기'가 들어 있어야 한다**. 이것은 1930년대 쉬클로프스키 등의 러시아 형식주의자들이 주창한 내용으로 문학 언어는 "일상 언어에 가해진 조직적인 폭력"이며, 문학 언어를 다른 담론 형식들과 구별해 주는 것은 그것이 일상 언어를 다양한 방식으로 변형시키고 뒤틀어 놓는다는 것이다. 문학 장치들의 압력을 받고 변형된 일상 언어는 낯설게 되고 생소화된 언어이다. 일상 언어의 규격화된 상투성에 빠져 있는 사람들은 현실 인식이나 현실 지각이 습관화되고 자동화되어 버린다.

낯설게 하기란 비록 낯익고 진부한 대상이나 세계라 할지라도 그것에 대하여 주체 나름의 새로운 의미나 가치를 부여하는 행위를 말한다.

늘 푸르다는 것 하나로
내게서 대쪽 같은 선비의 풍모를 읽고 가지만
내 몸 가득 칸칸이 들어찬 어둠 속에
터질 듯한 공허와 회의를 아는가

고백건대
나는 참새 한 마리의 무게로도 휘청댄다
흰 눈 속에서도 하늘 찌르는 기개를 운운하지만
바람이라도 거세게 불라치면

허리뼈가 빠개지도록 휜다 흔들린다

제때에 이냥 베어져서
난세의 죽창이 되어 피 흘리거나
태평성대 향기로운 대피리가 되는,
정수리 깨치고 서늘하게 울려 퍼지는 장군죽비

하다못해 세상의 좋아리를 후려치는 회초리의 꿈마저
꾸지 않는 것은 아니나
흉흉하게 들려오는 세상의 바람 소리에
어둠 속에서 먼저 떨었던 것이다

아아, 고백하건대
그놈의 꿈들 때문에 서글픈 나는
생의 맨 끄트머리에나 있다고 하는 그 꽃을 위하여
시들지도 못하고 휘청, 흔들리며, 떨며 다만,
하늘 우러러 견디고 서 있는 것이다

—복효근, 「어느 대나무의 고백」 전문



예로부터 대나무는 사군자의 하나로 시문학에서는 '절조'의 표상으로 일컬어져 왔다. 하지만 일인칭 고백 형식의 위 시편에서는 절조가 아닌 지극히 불안한 실존적 자의식을 읽을 수 있을 뿐이다. 이 시가 우리에게 울림과 공감을 주는 배경은 바로 대나무에 대한 고정관념에서 벗어나 대나무에 새로운 의미와 가치를 부여했기 때문이다. 통념은 대개가 거짓이나 위선일 때가 많다. 사물과 세계를 낯설게 볼 때 진실이 구현된다. 우리 시대 비둘기는 더 이상 평화의 상징이 아니다.

비둘기는 공원에서 먹이를 구하고 잠자리를 해결할 뿐만 아니라 암회색 정장 한 벌로 평생을 산다는 면에서 볼 때 노숙자에 가깝다. 또한 오늘날 국화는 대나무처럼 더 이상 절조가 아니며 서정주 시편「국화 옆에서」에 나오는 것처럼 소쩍새나 천둥 번개 무서리를 만나지 못한다. 오늘날 국화는 비닐하우스에서 한날한시에 태어나 꽃 피자마자 장례식장으로 달려가야 하는 비극적 운명을 지녔다. 자동화된 의식에서 벗어나 사물과 세계를 낯설게 바라볼 때 우리는 습관적이고 무의식적인 우리의 지각이나 반응을 새롭게 갱신할 수 있다.

**셋째 언어에 대한 자의식을 가져야 한다**. 글쓰기란 한마디로 줄여 말하면 '언어의 선택과 배열'이라고 말할 수 있다. 대체 불가능한 최상급의 언어를 선택하여 최선으로 배열하는 것이 글쓰기의 요체인 것이다. 시인은 언어 조합 능력이 있어야 한다. 또한 일상 어법의 중력으로부터 벗어나려는 노력을 경주하여야 한다.

시의 언어는 일상어와는 그 쓰임새가 다르다. 일상어는 의미 전달이나 개념을 제시하기 위한 수단으로 쓰이는 것이 보통이다. 그러나 시 언어는 그 자체가 목적성을 띠기 때문에 다른 것으로의 교체가 불가능하다. 가령 일상어에서는 '연인'이라는 말 대신 애인, 님, 혹은 자기라는 말을 쓸 수가 있지만 시 언어에서는 기표마다 환기되는 정서가 다르기 때문에 교체해서 쓸 수가 없다.



서정주 시인의 시편「자화상」에 나오는 "나를 키운 건 팔 할이 바람이다"에서 '팔 할' 대신 '80%'를 쓸 수는 없는 일이다. 또 박목월 시편에 나오는 구절 '남도 삼백 리' 대신 '남도 120km'를 쓸 수는 없다. 시적 표현에서는 전후좌우 그것이 아니고는 다른 것으로 채울 수 없는 유일의 적정어가 놓여야 한다.

물 먹는 소 목덜미에
할머니 손이 얹혀졌다
이 하루도
함께 지났다고
서로 발잔등이 부었다고

서로 적막하다고

—김종삼, 「묵화」 전문

"물 먹는 소 목덜미에/ 할머니 손이 얹혀졌다"라는 시행은 문법에서 일탈한 비문이다. 문법에 맞게 쓰려면 "물 먹는 소 목덜미에/ 할머니가 손을 얹었다"라고 써야 한다. 하지만 문법에 맞게 쓰면 오히려 시의 맛이 나지 않는다. 비문이 더 시의 울림을 준다. 이렇게 시의 정서적 효과를 위해 일부러 비문을 쓰는 경우가 있는데 이를 시적 허용이라 한다. 이는 사투리도 마찬가지이다.

김소월의 시편 「진달래꽃」에서 "사뿐히 즈려밟고"에서 '즈려밟고'는 그의 고향 평안북도 구성 지역의 사투리이다. 표준어로는 '짓밟다'이다. 이 경우는 '사뿐히 짓밟고'보다는 '사뿐히 즈려밟고'가 더 효과적이다.

각설하고 위 시편에서 마지막 행의 '적막하다'라는 관념 형용사를 대체할 수 있는 시어는 없다. 가령 '고요하다' '고적하다' '쓸쓸하다' '고독하다' '외롭다' 등속의 가족 유사어들이 있지만 '적막하다'를 대체하기에는 그 어느 것도 마땅치 않다. 이 시에서 '적막하다'는 유일의 적정어인 셈이다.

이 시에서 '적막하다'는 플로베르가 주장한 '일물일어설'에 해당된다. "한 사물의 특성 혹은 한 가지 생각을 표현하는 데는 한 가지 말밖에 없다"는 '일물일어설'이 뜻하는 것은 글쓰기에 있어 최상의 언어, 최적의 언어 즉 적정한 유일어를 찾으라는 것을 뜻한다.

시는 무엇보다 기의보다는 **기표 우위의 장르**라는 것을 인지할 필요가 있다. 언어에는 형식이나 기호를 뜻하는 '기표'와 내용과 의미를 뜻하는 '기의'가 있는데 시는 전자의 '기표'를 더 중시하는 장르이다. 왜냐하면 기의가 같더라도 기표의 차이에 따라 정서가 달라지기 때문이다.

그렇다면 정서적 밀도가 강한 언어에는 무엇이 있을까? 꽃, 나무, 곡식, 강, 산 등의 일반어보다는 국화, 목련, 칸나, 참나무, 소나무, 자작나무, 백마강, 한강, 낙동강, 남산, 한라산, 지리산 등의 특수어가, 자유, 평화, 본질 등의 추상어(관념어)보다는 바람, 촛불, 구름, 종소리 등의 구체적 감각어가, 표준어보다는 사투리가 더 정서의 밀도가 높고 강하다. 즉, 학습을 통해 습득한 개념어보다는 생활 현장에서 귀로 들은 구체적 생활 감각어가 정서적 실감을 가져다준다.

내 귓속에는 막다른 골목이 있고,
…(중략)…
얼어 터진 배추를 녹이기 위해
제 한 몸 기꺼이 태우는
새벽 농수산물 시장의 장작불 소리가 있고,
리어카 바퀴를 붙들고 늘어지는
첫눈의 신음 소리가 있고,
좌판대 널빤지 위에서
푸른 수의를 껴입은 고등어가 토해 놓은
비릿한 파도 소리가 있고,

—고영, 「달팽이집이 있는 골목」 부분



시적 주체의 경험적 진실이 잘 녹아든 시편이다. 시적 공간에는 체험을 우려낸 다양하고도 생생한 소리들이 살고 있는데 이것들은 하나같이 구체적인 형상을 띠고 있다. 그것들은 세상에서 밀려난 작고 보잘것없는 소리들이다. 이 시는 개념어나 추상어가 아닌 구체적 감각어로 경험 현실을 재구성하여 독자에게 울림과 공감을 주고 있다. 시는 설명의 욕구로부터 멀리 벗어나 있을수록 진실에 핍진하게 다다를 수 있다.

## 구성에 대하여

시의 구성에 대하여 알아보자. 시의 구성이란 시어의 배열 또는 결합에 의하여 이루어진 시의 짜임새를 말한다. 시의 정서나 내용을 이끌어 가는 질서나 논리인 시의 구성이란 비유적으로 말하면 건축에서의 설계도와 같다. 설계도 없이 건축이 가능하지 않듯이 시에 있어서도 구성이 차지하는 중요성은 아무리 강조해도 모자라지 않다. 잘 짜여진 시는 견고해서 무너지지 않으며 시적 감동도 이에 비례하는 경우가 많다.



다양한 구성법 가운데 지면의 제약에 따라 몇 가지만을 소개하면 다음과 같다.

우선 시 쓰기에 있어 시적 발견과 상관성이 깊은 '**비유적 구성**'부터 알아보도록 하자. 비유적 구성을 이해하려면 비유의 개념부터 알아야 한다. 비유란 서로 다른 대상들 사이의 유사성을 근거하여 이루어진 진술을 말한다. 그런데 이 유사성에는 두 가지 유형이 있다. 하나는 형태와 모양의 유사성이고, 다른 하나는 성질과 내용이 유사성이다. 가령 '이재무 시인의 얼굴은 말린 해산물 같다'와 같은 진술은 두 대상인 '얼굴'과 '해산물' 사이에 '구겨지다'라는 형태의 유사성이 존재하는 경우이고, '생활은 촛불이다'와 같은 진술에서는 '생활'과 '촛불' 사이에 '언제 꺼질지 모른다'라는 내용의 유사성이 존재한다.

술병은 잔에다
자기를 계속 따라 주면서
속을 비워 간다

빈 병은 아무렇게나 버려져
길거리나
쓰레기장에서 굴러다닌다

바람이 세게 불던 밤 나는
문밖에서
아버지가 흐느끼는 소리를 들었다

나가 보니
마루 끝에 쪼그려 앉은
빈 소주병이었다

—공광규, 「소주병」 전문

이 사부곡은 어느 날 아버지가 부재한 시골집에서 시

적 화자가 아버지의 생애를 회한으로 되돌아보는 내용을 주조로 하고 있다. 아버지는 살면서 자신의 생애를 자식들에게 따라 주다가 삶을 마치게 되었다는 내용이다. 이 간단한 서사가 울림을 주는 것은 비유적 구성의 효과 때문이다. '아버지'와 '소주병'은 다 같이 자신을 따라 주다가 빈 것이 되어 생을 마감한다는 점에서 유사성이 있다. 이 시는 두 대상 사이의 내용이나 성질의 유사성에 착안하여 시가 이루어진 경우라고 할 수 있다. 최승호의 시 「자동판매기」, 김명수의 시 「동전 한 닢」, 손택수의 시 「소가죽북」, 이재무의 시 「감자꽃」 등의 시편들은 비유적 구성에 의해 쓴 것들이다.



두 번째로 **선경후정의 구성법**(2단 구성)에 대해 알아보자.

**선경후정**이란 먼저 어떤 대상이나 세계에 대해 서경(풍경, 사실)을 먼저 제시한 다음 그것에 대해 뒤에서 시적 화자가 의미나 가치(의견)를 부여하는 방법이다.

건기가 닥쳐오자
풀밭을 찾아 수만 마리 누우 떼가
강을 건너기 위해 강둑에 모여 섰다

강에는 굶주린 악어 떼가
누우들이 물에 뛰어들기를 기다리고 있었다

그때 나는 화면에서 보았다
발굽으로 강둑을 차던 몇 마리 누우가
저쪽 강둑이 아닌 악어를 향하여 강물에 몸을 잠그는 것을

악어가 강물을 피로 물들이며
누우를 찢어 포식하는 동안
누우 떼는 강을 다 건넌다

누군가의 죽음에 빚진 목숨이여, 그래서
누우들은 초식의 수도승처럼 누워서 자지 않고
혀로는 거친 풀을 뜯는가

언젠가 다시 강을 건널 때
그중 몇 마리는 저쪽 강둑이 아닌
악어의 아가리 쪽으로 발을 옮길지도 모른다

—복효근, 「누우 떼가 강을 건너는 법」 전문

이 시는 전체 6연으로 이루어졌다. 그 가운데 1연에서 4연까지는 티브이의 화면에 나오는 장면을 그대로 옮

겨 놓은 것(사실)이고 나머지 5연과 6연은 시적 화자의 의견을 진술한 것이다. 누는 말과에 속한 동물로서 서서 살다가 죽어서야 눕는다. 물론 잠도 서서 잔다. 그러니 누군가에 목숨을 빚졌기 때문에 서서 자는 것이 아니다. 또한 자의식이 없는 동물로서 6연에서처럼 전체의 안전한 도강을 위해 스스로 목숨을 바칠 수는 없는 일이다. 이것은 순전히 시인의 생각일 뿐이다. 최동호 시인의 시 「히말라야의 독수리들」과 정진규 시인의 시 「플러그-알 2」가 여기에 해당되는 시편들이다.



세 번째로 **이야기시의 구성**에 대하여 알아보도록 하자. 한 편의 시에 짧은 서사가 들어 있는 시편을 우리는 이야기시라 말한다. 이야기시에는 역순행 구성과 순차적 구성의 시가 있다.

여승은 합장하고 절을 했다
가지취의 내음새가 났다
쓸쓸한 낯이 옛날같이 늙었다
나는 불경佛經처럼 서러워졌다

평안도의 어느 산山 깊은 금점판
나는 파리한 여인에게서 옥수수를 샀다
여인은 나어린 딸아이를 때리며 가을밤같이 차게 울었다

섶벌같이 나아간 지아비 기다려 십 년十年이 갔다
지아비는 돌아오지 않고
어린 딸은 도라지꽃이 좋아 돌무덤으로 갔다

산꿩도 섧게 울은 슬픈 날이 있었다
산 절의 마당귀에 여인의 머리 오리가 눈물방울과 같
이 떨어진 날이 있었다

—백석, 「여승」 전문

한 여인의 비극적인 삶을 다룬 이야기 시편이다. 이 시는 가난 때문에 가족을 잃고 여승이 된 한 여인의 비극적이고 기구한 삶을 통해 일제강점기 우리 민족이 겪었던 아픔을 말해 주고 있다. 시각, 청각, 후각 등의 이미지와 적절한 비유를 통해 한 여인의 한 서린 삶을 탁월하게 형상화하고 있다.

1연에서는 시적 화자와 여승과의 만남이 그려져 있다(현재). 2연에서 4연까지는 과거에 시적 화자가 우연히 만났던 한 여자가 기구한 삶을 살다가 여승의 될 수밖에 없었던 사연이 소개되고 있다(과거). 요컨대 이 시는 여승을 만나고 나서 한 여자가 여승이 되기까지의 과정을 되짚어 보는 역순행의 구조를 따르고 있다. 이에 반해 시간의 순차적 진행으로 이야기를 전개시키는 순행 구조의 시도 있다.